母と娘の二三〇〇日

――介護あの日この日

Yoko Noguchi
野口洋子

創英社/三省堂書店

はじめに

母を介護して1年余りが経過した頃から、私の体はとうとうどうにもならなくなっていました。勿論、急に体が変化したわけではありませんが、徐々に病魔に侵されていきました。だからといって、在宅介護を止めるわけにはいきません。それは父の死に大いに関係しているからです。

父は「こんな所で死にたくない」と私に訴えていたにもかかわらず、私は父の真意を理解する事が出来なかったのです。

亡くなる日だけ、父は何も言葉にすることなく、私の顔をじっと見つめるだけでした。今でもその顔を忘れる事は出来ません。

どんな事があっても、母だけは最後まで美しくおしゃれなそのままの姿で父のところに送ってあげたいと……。

目次

はじめに　3
第一部　いつも手をつないで歩いていた父と母　7
第二部　私の介護日誌から——悔やんだ末に始まった母の介護　89
第三部　娘のアイデアで介護がかわる　233

第一部

いつも手をつないで歩いていた父と母

第一章　父の胸像

暑い夏の日

一九九七年（平成九年）の夏、父から電話があり「洋子さん、ちょっと来てくれないかなぁ」と言われました。

この頃私は、父の会社の代表取締役専務として、ガソリンスタンドの仕事、つまり給油や接客、メーカーとの価格交渉、取引先の顧客からのクレーム、集金、掃除などありとあらゆる仕事をおこなっていました。

当時は、値下げ競争が激しかったため、ガソリンを売れば売るほど利益は出ない、ガソリン以外の洗車やオイル交換などの売上で利益を出す一方、人件費を削減するためにアルバイトの人数も制限しなければならない、こんな八方ふさがりの状況が続いていました。

父からの電話だからといって、すぐに駆けつけられるという訳ではなく、仕事を一段落させてから、ようやく両親の処に行くことが出来ました。

「お父さん、どうしましたか?」と、尋ねると、

「どうしたの、洋子」と逆に母に聞き返されました。

母のその姿を見て、「ああ、これか……」と理解出来ました。

真夏だというのに、母は長袖のオーバーブラウスを着ていました。これは母の大好きな春・秋用だったのです。

「お母さん、暑くないの? そのブラウスじゃ暑いでしょう」

「そうなの暑いのよ。着る物がないのよ」と。

「えーお母さん、いっぱい洋服持っているでしょう」

「ないの!!」

そんな話をしながら、母の洋服ダンスを開けて見ると、たしかにない。あるのは外出着ばかり。そういえば、母の夏の普段着姿というのは思い出せません。腕を出した母の姿を、昔からあまり見たことがないなぁと思いました。

「お母さん、涼しいお洋服を買いに行きましょう」と二人で半袖のTシャツを三枚買ってきました。

「これでいいですね。しばらくこれを着ていて下さいね。またデパートにでも買いに行きましょうね」と。

しかし、母は安物はいやなのです。翌日心配になり、両親の処に行ってみると、またまた母の大好きな、昨日のオーバーブラウスを着ていたのです。

昨日買ってきたTシャツは、いったいどこに？

探してみると寝室の押入れの中に入っていました。

今まで着た事がなかったものですから、母はTシャツは嫌いなんだなぁと思いました。

しかし、父の考えは違うのです。

父は春、夏、秋、冬、それぞれの季節を大切にする人でした。

しかし母は、春、夏、秋、冬、より自分が着たい洋服を着るという人でした。

母は、「暑い、寒い」ということをあまり気にしない。

Tシャツを着てくれたほうが涼しくて過ごしやすいのに、と思っている私に、父はこんなことも話しかけてきました。

「お母さんね、お鍋を焦がしてばっかりいるからね。自動的にガスが消える機種に取り替えたんだよ。お使いに行くとね、一万円札ばかり持っていくから、小銭がたくさんたまってしまって、僕が郵便局に行って取り替えてくるんだよ」と。

「お母さんのボケが始まってきているのかなぁ」と、私は心の底で思いました。

父は、一九一一年(明治四十四年)生まれの八十六歳でした。

二人はよく近所の人たちから「仲が良いですね。いつも一緒に手をつないでいるんですね」と言われている事がありました。

たった二枚だけの写真

父の会社「飯豊」は、一七八三年（天明三年）に船舶によって運送をおこなう回漕問屋として創業いたしました。

明治の時代から米穀、肥料などを手広く扱い、一八九二年（明治二十五年）にはニューヨーク・スタンダード社と代理店契約を結び石油販売を開始しました。現在のモービル石油との取引は、我が国で最も古いことが文献に示されております。

そのほかにも砂糖、石鹸、植物油などの卸売業のほか、一九〇〇年（明治三十三年）にはヨークシャ種豚（いのぶた）の導入などもおこない、大正の終わり頃には花王石鹸とも代理店契約を結び、千葉県最大手の卸売業者に発展いたしました。

商家の五人兄弟の末っ子として生まれた父は、四代目の跡継ぎとして一九三〇年（昭和五年）に飯豊商店に入社しましたが、一九四一年（昭和十六年）八月（当時三十歳）に応召され、満州、シベリアでの過酷な戦争体験を経たのち、一九四九年（昭和二十四年）八月に帰って参りました。

敗戦後、外地でソ連軍により連行され収容所で生死の境をさまよった日本軍兵士は約六十四万人と言われています。そのうちの六万二千人の兵士が不本意な戦死を遂げ、帰らぬ人となりました。

母と兄が日本の船着き場まで迎えに行き自宅に三人で戻ってきた時の父は、目がくぼみ頬はこけ、歯は抜け落ちて別人のようになっていました。げっそりと憔《しょう》悴《すい》しきった父の顔にはシベリアでの厳しい労働と飢餓が暗い影を刻んでいました。私は丸坊主の父の姿に大変驚きました。やせ細った父が、八年振りに我が家に帰ってきた日のことは今でも忘れられません。

シベリアで収容された捕虜生活は、父の人生の中で最も悲痛な出来事で「戦争のことは何一つ思い出したくない」と言ってほとんど語りませんでしたが、一つだけ車の運転が出来たために救われたということが父の古いノートに書かれていました。

父は、当時としては珍しく自動車の運転が出来たのです。シベリアで「この中で運転出来る者はいないか?」というロシア兵の問いかけに、自ら手を挙げてしばらくの間、運転手の仕事を任せられ、その間だけは厳しい寒さや飢え、人を人とも思わない屈辱や労働の苦しみから逃れることが出来たそうです。

帰国した父は復興期の日本の社会の中で事業再建と拡大のために、黙々と一生懸命つき進んできました。何かをしていないと気がすまない性分でしたが、書くことが好きで毎日の出来事や株の売り買いなどをこまめに記録したり、社内では野球チームをつくって対抗試合でピッチャーとして活躍しました。学生時代には甲子園出場も果たしたというスポーツマンの父が、独特のフォームで投げるマウンド上の姿が目に焼き付いています。

私が五歳から十三歳まで、父は戦地に出向いていましたので、子供の頃の父との思い出はほとんどなく、写真でさえも、千葉の夏の海辺で父のあぐらの中にいる私を抱いているものと、写真館で撮った家族四人の記念写真だけしかありませんでした。

父から「兄が亡くなった時に一度帰ってきた」という話を聞いたことがあります

が、その時のことは覚えておりません。

帰国後の父は、会社経営の建て直しのために駆けずり廻り、息をつく間もなく働き続け、やがて二十代の頃の家族写真にある父の顔に近づき明るさを取り戻してきました。

私はある時「お父さんは戦争に行ってお国のために一生懸命働いてきたのだから、もっとゆっくりと休めばいいのに…」と言うと父は、「会社をつぶしてしまったら、親父に悪いし、先祖にも申し訳が立たない」と真剣な顔をして言うのです。

それは生真面目で仕事に関しては頑固な父でも、日曜日だけは仕事を休み、私たち家族を気遣ってくれました。

「洋子、これからお母さんとドライブに行こう」と随分色々な所に連れて行ってくれました。

昭和二十年代の日本の社会は、自家用車でドライブを楽しむ人たちの姿もまだ少なく、父の快適な運転さばきに私と母は幸福な解放感にひたっていました。

父は千葉市内各所に散らばる卸売業者に「これからの卸売業は一カ所に集結して

時代の変化に対応していかなければならない。市内四十一の同業者を一堂に集めた流通基地を造って集約化を図らなければ、いずれは個々に衰退し・縮小し、事業として成り立っていかなくなる」と、地域の団結の必要性を熱心に説いて回りました。

一九六七年（昭和四十二年）には、千葉総合卸商業団地協同組合を設立、初代理事長に就任し、全国に先駆けてはじめて卸商業団地を一カ所にまとめあげました。

その後、講演依頼もあり、各地に卸商業団地が続々と誕生し、一九八三年（昭和五十八年）には父の業績が評価され当時の中曽根康弘内閣総理大臣より黄綬褒章を受章することが出来ました。

一九八七年（昭和六十二年）九月には、協同組合四十一社の総意により父の胸像が千葉総合卸商業団地会館内に設置され、その明るい顔立ちの胸像は、真っ直ぐで気骨のある働き盛りの父と〝生き映し〟と言われるほどよく似ていました。

高台にある老人ホームから外房の海を

父が元気であった頃の話ですが、ある日突然、

「洋子さん、お母さんと三人で海の方に一泊でドライブしよう」

と言い出したので私の車で外房に出かけ、帰りに同業の方（花王の製品を取り扱っていた方）に会いたいと言うので、その方の入居している有料老人ホームを尋ねたところ、その方は、そのホームから勤務先の会社に通勤しており、さらにそのホームの中はゆったりとした広さと明るさ、壁面や照明、調度品などの整った設備に驚かされました。健常者の入居が多い施設とのことでしたが、ホールや廊下ですれ違った方たちも、みなさんとてもお元気そうな方ばかりでした。

高齢になって身体に不自由をきたし、人の手を借りないと生活が出来ないようになってもナースや付き添いのスタッフがホーム内に常住し、きめ細かいサービスや援助が受けられる、という話でした。

あっ、この施設は、老後の過ごし方のモデルとしてずいぶん前に新聞に紹介されていたことがある。あの高級老人ホーム、と私は思い出しました。

個室でも食事の支度が出来るように作られていますが、レストランのような食堂で個々に、あるいは何人かの人たちと一緒に食事を楽しむことも出来るようになっていました。

個室スペースは広いとはいえませんが、全体に「老人ホーム」の沈みがちな閉ざされた雰囲気はほとんど感じられませんでした。

海を見下ろす美しい庭や広々とした浴室、気の合った入居者とともに過ごすレクリエーションルーム、家族や訪問客とのふれあいが出来る団欒《だんらん》の場まで何不足なく整っているように見えました。

父の友人も楽しげに「家のことは子供たちにまかせて、ここに住むことにした」と話してくれました。

その話を聞いて父もすっかり共感し、「僕もこういう処に住みたいなあ」と言っていましたが、母の方は「わたしはこんなところはイヤ!!」と乗り気ではありませんでした。

父には「マンションに入居したい」という思いが、ずっと以前からありました。欧米の生活様式を取り入れた設備の整ったマンションが好きで、ホテルのような高級有料老人ホームにも関心を持っていました。

おしゃべりと人が好きな父

一九九七年（平成九年）のことですが、父から、「三井不動産で新しいマンションを販売中だから一緒に見に行ってください」と、言われました。

父は当時、三井不動産の社長と親交があり、その物件のことは以前から聞かされていました。

早速そこへ出かけてみると、建物は完成間近で申し込みも殺到し、残っているのは数部屋のみという状況でした。

私たちが案内された部屋は二階のフロアだったと記憶していますが、私は父に

「端の部屋と一番上の階の部屋はやめたほうがいい」と言いました。

　このマンションはバリアフリーということでしたが、すべてがそうではなく、階段を使わなければ、車椅子だけで移動することは難しい、という所もありました。

　しかし、父は上機嫌で気に入った物件を前に「洋子さん、ここはどう？」と同意を求めて私の顔を見ました。

　うっかり「イエス」と言おうものなら、「おまえがいいと言ったから買ったんだ」とあとで言われるのはイヤですから、私は返事をしませんでした。

「色々細かい点もよくチェックして、時間をかけて考えてみましょうね」と言って引き上げてきたのですが、またすぐ父から連絡があり、「この前のマンションね、やっぱり買うことにしたよ。部屋に合った家具も見に行きたいので連れて行ってください」と、言ってきました。何故か父は私に対してすごく丁寧な言葉づかいをしていました。昔、会社に訪れて来た友人からも、同じように「会長さんは先輩に対して随分丁寧な言葉づかいをするんですね」と。

　家具店では、お気に入りの家具を見つけて父は上機嫌です。テーブルや応接セッ

トやベッドなどを次々とチェックして選び、

「カーテンや冷蔵庫などは、すべて洋子さんが決めてください」

と一任されました。

父が気に入ったマンションの部屋は天井が高く、冬は冷え込むため、私は北欧製のどっしりした厚手のカーテン生地で部屋を包むように業者に作ってもらうことにしました。

それからはたびたび父から連絡がきましたが、私の方では会社の仕事とインストラクターの仕事、転居準備でてんてこ舞いの毎日となりました。今までもそうであったのですが、父に振り廻される日々となりました。

父と一緒に老人ホームやマンションなどを見て歩いて感じたことは、父が他人との共同生活の場に興味を持っていたことでした。

社内に野球チームを作ってしまうほどスポーツが好きで人付き合いがよかった父の性格からして、母と二人だけの生活では、時に淋しさや物足りなさを覚えることがあったのかもしれません。それで、他人がすぐそばにいる共同生活のあり方を好ましく感じていたのかもしれません。

「どちらかと言うと、僕はおしゃべりな方だからね」

ある時、父は私にそう言ったことがありますが、父の〝おしゃべり〟は単に〝話し好き〟とか、〝人付き合いが好き〟というのではなかったような気がします。父は五人兄弟の末っ子として育ちましたが、兄弟は早くに亡くなり、私が知っているのは父の姉一人でした。更に両親とも早く死別したことも関係しているのかもしれません。

父は身構えたところがない本当に気さくな社交家で、いつも他人に対して明るくさっぱりとふれ合うことが出来る人でした。

それだけではなく、自分とは異なる他人の個性や価値観をとても尊重していました。人それぞれの生き方や生活スタイル、生きがいなどについて、尽きない関心と親しみを持っていたようです。

父は〝人〟そのものが好き、〝人生が好き〟だったのです。

年の暮れ

父は一九六八年（昭和四十三年）四月に飯豊商事株式会社を設立し、その後私は代表取締役専務に就任しましたが、ある大臣の規制緩和から価格競争が激化し、父から引き継いだ会社の経営も大変な時期を迎えることになりました。私は今まで経験したことがない取引先との交渉や売値の決定、店舗の業務管理などが重くのしかかってきて「悪戦苦闘」の日々でした。

当社の場合も官公庁や他の民間会社との取引が多く、ガソリンの価格を下げないと取引が停止される価格競争に巻き込まれ、原価割れとなる場合があり、それでもメーカーの方では値下げをしてくれるわけではなく、赤字取引になってしまうのです。

私も自ら「いらっしゃいませ。ガソリンですか？　軽油ですか？」「洗車はいかがいたしますか？」と必死になってお客様へのサービスや業績向上に努めました。よく知っているお客様からは、「こんなえらい人に接客されたら自分で窓を拭かなくちゃ申し訳ないなぁ」などと冗談を言われることもありました。また、父からはこんな言葉を言われたことも思い出しました。「専務は偉いね。『いらっしゃいませ』は僕にはなかなか言えないよ」。

毎日が〝血眼《ちまなこ》になって〟というのも決して大げさではありませんでしたが、そんななかでも父が早くマンションに住めるようにと家具・調度品を揃えていき、連日連夜十二時近くまで引っ越し仕度を整える日が続きました。

そんな慌《あわ》ただしい年の暮れ、一九九八年（平成十年）の十二月三十日、脚立に乗りどっしりと重い厚手のカーテンを取りつけている時に、兄から

「会長が倒れたんだよ。今、お母さんから電話があったんだ。入院先はどこにするか？」という知らせが入りました。

兄は、「よくお母さんが電話をかけることが出来たなぁ……」と驚いていました。母が最近少しボケてきていると思っていた矢先のことだったので、兄からもこんな言葉が出たのでしょう。

私はすぐ知人の大学教授と連絡をとり、どこの病院がよいかと指示を仰ぐことにしました。十二月三十日ということで何処の病院にも部長級の医者はいませんでしたが、教授とも相談のうえ病院を即決し、何とか急場の対応をとることが出来ました。

父を入院させ落ち着いてみると、日頃から父と交わしていた会話が思い出されました。

昔、その病院の前を通った時、「お父さん、具合が悪くなったら、ここに入院することになりますね」と私が言うと、父は「そうか。すると、退院の時は箱に入れられて退院だね」と笑いだしたものでした。

実際に入院してみると、色々な不満が目立つようになり、日がたつにつれて父の訴えが繰り返されました。

「もう退院したいよ。……こんな処にいたら、僕死んじゃうよ」

確かにひどい病院でした。父の体に触れることもせず、医師は問診をするだけ。「なぜ聴診器も当てないのですか？　脈を見ないのですか？」と聞くと、主治医の返答は「うつるからね」という無表情な一言のみ。あまりの冷淡さに私は怒りで体がふるえ、「それでは、あなたは何のために医者になったのですか!!」と声を荒立ててしまいました。私は戦争中母の実家に疎開していた時、医者としての祖父の姿を毎日見ていましたが、その時受けた医者の姿とはまるで違う〝ドクターの態度〟に驚き、このような言葉が出てしまったのです。

それ以後は何度主治医の対応に不満を言っても、その医者の対応が変わらないために、むなしさがこみあげるばかりで口を開くこともなくなってしまいました。

いくつになっても変わらぬもの

年明けには、父の容体が安定し、「僕、マンションに帰りたい」という父の希望に添うためにその病院を退院しました。一九九九年（平成十一年）一月二十二日のことです。

といっても、マンションに住むのは初めてなのですから、そうなればなったで、大急ぎでさまざまな仕度や準備を整えなければなりません。

まず、マンションの目前に内科医院がありましたから、早速ホームドクターをお願いし、またシルバー人材サービスの窓口に十時間程度の在宅介護の援助をしてもらうように家政婦さん二名を申し込みました。

介護保険制度は二〇〇〇年（平成十二年）に開始されましたが、この頃はまだ介護サービスという制度は確立されていませんでした。家政婦さんをお願いするしかなかったのです。

そのため、私はこの二名の家政婦さんに交代で毎日きてもらい、見守りや食事の世話などをお願いし、健康観察、入浴介助などは看護師さんにお願いすることになりました。

さらに両親の身の回りの安全を確保するためにトイレ、浴室、廊下などに手すりを付けるように管理人に専門業者を紹介していただき取り付けることになり、父も「これはいいね」と喜んでいました。

父は毎日ベッドから起き、室内用の車椅子でベランダに出て日光浴をしたりと積極的に体を動かし始めました。

しかし、時折母は父に「お父さん、私一人でも家に帰る」と言っていたようです。父は「お母さんがこんなことを言って僕を困らせてばかりいるんだよ。せっかくこんないい所に住んでいるのに…」と、この点は意見が合わないようでした。

爪切りや耳の掃除など看護師さんにやってもらっている時、突然母の顔が変わり「お父さんそんなこと自分で出来ないの?」と言って〝やきもち〟を焼くことがありました。

そうかといって、母は「私がやるから」と言う訳ではないのです。

母は昔から父の面倒を見るということはありませんでした。

父は早くに両親と死別したため、自分のことは自分でするということが身についていた人でした。さらに、父の方が色々なことに気が付き、まめで面倒見が良いといった性格で、「お母さん、この方がいいよ」とか「こっちにしたら……」などと言って母にアドバイスすることもしばしばでした。

その時は看護師さんの言うことに従っている父の前で、不機嫌に黙り込む母を見て、困ったこともありました。
やっぱり、お母さんはお父さんのこと愛しているんだ……。
人間というものは、いくつになっても変わらないものなのかもしれません。

リハビリのある所へ入りたい

父は入院をしたことで、日ごとに弱っていく自身の体にいらだちと精神的な不安を訴えるようになりました。また、高齢のために、日を追うごとに体調が悪化していくことは避けられませんでした。

健康状態が改善されるどころか、弱まるばかりですから、父から「こんな生活を続けていると、僕の体はどんどん弱っていくので、どこかリハビリの出来るところに入りたい」という相談を受けました。さらに「老人ホームだよ」と。またまた私は振り廻される日々を迎えることになりました。

毎朝両親のマンションに寄ってから会社に出社し、日中手が空いたらまた両親の処に行き、不足している品々の買い物や、時には病院の付き添いなど、その後また会社に戻り、「いらっしゃいませ」、また集金と。夜はまた両親の処に寄ってから自宅に帰る、という日々が続くことになりました。行かないと電話が鳴る。とにかく「洋子さん」「洋子さん」と大変でした。

当時は過労で眼精疲労も出て目が開けられなくなり、眼科医からは「運転は駄目。二、三日ゆっくりと休んで下さい」と言われました。

実は、三十七歳の時「足を細くする」という本を六ヶ月位で書き上げた後、目の異常を感じ、検査の結果、右目が「中心性網膜症」と診断されて、右目はほとんど見えない状態のまま、ずっと片目での生活をしておりました。

当時の老人介護施設は、いわゆる〝特養（特別養護老人ホーム）〟と呼ばれる「介護老人福祉施設」と、リハビリが出来る「介護老人保健施設」に分かれていました。

「介護老人福祉施設」は常時介護が必要で自宅で生活することが困難な人が入居して、日常生活の世話や介護が受けられる施設です。

「介護老人保健施設」は、状態が安定している人がリハビリをおこなって、家庭で今まで通りの生活が出来るように機能回復をすることを目的とした施設です。

さらに「通所介護」と呼ばれる宿泊出来ない日帰りの介護施設がありました。〝デイサービス〟、〝デイケア〟とも呼ばれ、日常生活の支援や機能訓練などが受けられる所です。

とりあえずは公的施設である介護老人保健施設に入所してもらい、その間に有料老人ホームを探すことにしました。

可能な施設を名簿で調べてみると、偶然にも飯豊商事卸売部の顧客と同名の施設が見つかりました。

父にそのことを伝えると、

「そうだったね。そこの理事長、僕知っているよ」

顧客リストが頭の中に入っている父の記憶力に驚かされた私は、早速先方と連絡を取り合い、一九九九年（平成十一年）七月末にはさまざまな検査を終えて施設に入所することになりました。

父が「特別室にするんだよ」というので浴室付きの二人部屋にしましたが、付き添いの人はなく、衣類は家族が自宅に持ち帰り洗濯後に届けるというシステムなので会社の仕事と兼業で私の雑務が増えてしまいました。

マンションの引っ越し騒ぎに続いて、また雑事に忙殺される毎日となりましたが、一日でも行かないと「洋子に見放された」と父に言われました。さらに父から「もう来てくれないのか?」とも言われるようになりました。

今度は全国の有料老人ホームの登録雑誌を一つひとつチェックして候補となる施設を絞り込み、父にそのホームの名前を言うと「うん、僕、そこ知っているよ。いいね」と上機嫌です。

実はその施設は、昔から入りたいと考えていたのでしょう、新聞に大きくオープンの広告が出ていたのを切り取り、保管してありました。だから父は、「そこ知っているよ」と答えたのでした(後日判明したのですが)。

早速施設に連絡し、「面接→体験入居」という手続きを経て、九月早々に入居することが出来ました。

一応特別室でしたが部屋が狭く、ナースステーションから遠い、北向きで日当たりが悪いなどなどいくつか不満はあったものの、とにかく父は「ここはいいよ」と気にいっていました。

今でこそ老人ホームの数も増え、その運営形態も整備されていますが、当時は数少なく、父からすれば医療・介護付きホームは父が考えていた期待と憧れがあったのかもしれません。

体験入居をした結果、父は満足し、一九九九年(平成十一年)の九月五日に正式入居を決定し、父から「洋子さんが契約者になるんだよ」と言われ、私が契約者になり入居することになりました。

と同時に、私の毎日は今まで以上に忙しい日々となってきました。この施設は柏《かしわ》にあるので、自宅・会社・両親のいる柏の施設と、また会社に戻り「いらっしゃいませ」と。その頃はエアロビクスのインストラクターの仕事もしておりました。でもこれが良かったのでしょう。全身を動かすことで熟睡することも出来たのです。

この施設は当時、高額な入居金と月額利用料も高額で豪華な有料老人ホームとして有名でした。

当初、父はこの施設を大変気に入っておりました。

「前からこういう施設に入りたかったんだ。ここは天国だよ」

父と母はいつも手をつないでいたわり合うように歩いているので、スタッフの方たちからは〝夫婦のお手本〟などと言われていました。

父はとにかく、「ここはいい所だ」と満足でした。

しかし、母は「家に帰らないの？」ということを常に言っていました。「家に帰りましょう、私一人でも帰りたいといつも言っているよ」と父は困っていました。

ずっと憧れていた老人ホーム？

父は入居後半年以上が過ぎた二〇〇〇年（平成十二年）の春頃から、次々と病気や怪我に見舞われるようになりました。

ある時「父が転倒した」という連絡が会社に入り、慌てて駆けつけてみると絨毯に血の跡がべったりとついており、顔がすりむけて真っ赤になっているという姿に、また後頭部を三針縫った時の痛々しい姿には〈なぜ、なぜ……？〉の連続でした。

その後、父はナースステーションの前の個室に移動をしたため、母一人残った居室に私が行くと、

「ここに泊っていってね、洋子さん。私一人で淋しいから」と母によく言われました。

その頃から父は肺炎を患い、抗生物質の効かないＭＲＳＡ（多剤耐性黄色ブドウ球菌）に感染し、さらには敗血症、尿路感染症を発症しました。

院内感染による感染症で亡くなった人の話をよく耳にしますが、父の場合も一つの病気が治癒する間もなく次々と感染症を発症していき、日に日に衰弱していきました。

睡眠薬は、母と同じ部屋にいる時から服用していたようです。そのために幻覚症状が現れるようになりました。

睡眠薬は父が要望しましたが、その他は医師の考えで与えていました。

私が直接医師に「こういう薬は飲ませないで欲しい」と言うと、「家族に薬のことをとやかく言われたら、医者としてはこれから何も出来なくなる」と言ってすごい

剣幕で否定されました。私は祖父の姿を見て育ちましたが、祖父とはまるで違う医者の姿でした。

しかし睡眠薬の使用が過度にわたったことで、父の衰弱を増していったような気がしてなりません。私はこの睡眠薬を父の身体から抜くために国立病院に二週間入院させ、二十四時間父を見守り父と一緒に戦いました。

二十四時間体制とかスタッフが多いって言うけど、夜なんて誰もいないんだ。

毎月高額な費用を払い込んでいるのに全然サービスが行き届かない。

父は入居して三ヶ月位した頃から「コールボタンを押しても誰もきてくれないし、もうここはダメだよ!!」という言葉を言うようになってきました。

自分の体が思うように動かなくなってくると、当初は気づかなかった施設のサービスの不行届、スタッフの対応について疑問を感ずるようになってきたのです。

「ここはもう駄目だ。熱海や伊豆方面の温泉のあるマンションに引っ越そうよ。お母さんと洋子さんと看護師と一緒に住もう」などと言い始めました。

七月八日には下血をしました。私はその時、バケツ一杯の脱脂綿の真赤な血液を見てゾッとしました。

「なぜ、こんなことになったのですか?」という問いに対して、看護師は「排便がないので肛門から手を入れて刺激した」という返事です。点滴しか実施されていないのに……と私はあきれるばかりでした。

「洋子さんの家に連れて行って」という言葉は、七月十日頃から言い始めました。しかし、そう言われても当時の私は、ホームに母一人を残して寝たきりとなった父を引き取ることなど到底出来ませんでした。

その頃の私は、父の会社の代表取締役専務として業績の悪化した会社を整理し、清算するために、夜九時過ぎまで働くことも多く、時間的にも体力的にも限界を極め、急性胃潰瘍と逆流性食道炎に悩まされたこともありました。

寝たきりとなった父の体は骨と皮だけといってよいほどやせ細り、体も一回り小さくなりました。しかし、頭だけははっきりとしていて、いつもの父と変わりありませんでした。

数ヶ月前から、父と離れ離れの居室で母はなんとなく元気もなくボーっとしている姿をよく見ました。かといって、骨と皮だけになった父の処に母を連れて行くことは出来ませんでした。

私も何度か父のいる部屋に宿泊する、と言っても椅子での仮眠で、身体の清拭やトイレ介助など、また口から少しでも食事が摂取出来るならと介助もすることがありました。

「洋子さんの家に連れていって」という父の本心は、「こんな所では死にたくない。お前の家で死にたい」という訴えだったことが後に理解出来ました。

七月二十五日(火)、父に「またきますね」と言うと、その言葉に父は何も言わずに私の顔をじっと見ていました。

夜八時過ぎ、父の居室を離れ、母の寝ている顔を見てから帰ることにしました。

自宅に着いた途端、電話が鳴り「十時二十五分、龍三郎様がお亡くなりになりました。」という連絡がありました。

父の死の連絡があったその時、私はとてつもなく後悔の念にかられました。

私はどうして父の「洋子さんの家に連れていって」の言葉を理解することが、父の本心を知ることが出来なかったのか。ずっと今も引きずっています。その日の内に私は車で父のいる老人ホームへと引返しながら、ほんの数時間前の父の顔を思い出すとともに、これから何をどうしたらいいのか、頭の中ではまったく整理がつきませんでした。その時、いつも車の窓から見えた冠婚葬祭の看板を思い出し「あっ、そうだ。あそこに相談してみよう」と思いながら父が待つホームへと急いだのでした。

またまた父のすべてのことを私が指示することになりました。

父の亡くなった日は二〇〇〇年（平成十二年）七月二十五日、父の九十回目の最期の夏でした。お父さん長生きして下さってありがとうございました。

しかし後悔だけが後々まで残りました。

第二章　母の大好きな家

母との〝二人三脚〟のスタート

母を引き取ろうと考えた時、まず第一にやらなくてはいけないのは、エアロビクスの先生を辞めることでした。

当時県内数カ所に出張教師というかたちでエアロビクスを教えに、また官公庁からイベントの要請も数多く引き受けていました。

「申し訳ないのですが、母を引き取り在宅介護をしたいと思いますので」と話し出すと、

「残念ですね。お父上は県内でも代表的な経済人として著名なお方でしたし、野

口先生はエアロビクスダンスの第一人者としてあまりにも有名です。当市の講師でなくなるということは…先生には我が市の代表で姉妹都市である中国天津市に行って貰いましたね。一九九〇年（平成二年）中国天津市で「友情の絆」更に「天津市・千葉市友好」と筆で書く事になり、その場ですぐ壁に飾られました。又その時、先生お一人だけが中国の万里の長城に登ったということも後に職員から話を聞きました」。天津市ではヘルスアカデミー総勢七名と和太鼓の方々と舞台を飾ったのでした。

「母上を在宅介護なさるということでしたら、当市としては残念ですが…」と理解をし了承して下さいました。これでエアロビクスの世界から全面的に手を引くことになり、ちょうどその頃、我が社の土地八百坪弱が売却されることになりました。しかしガソリンスタンドを閉鎖するとなると、またこれは大変な作業になります。

またまた大変な毎日が始まったのが二〇〇一年（平成十三年）の夏。

ガソリンは地下に埋蔵されており、ハイオク、レギュラー、軽油のタンクをまず空にし、薬と水を入れ清掃をしてから解体という作業があります。更に消防の検査が入ります。

これをすべて私がおこなわなければならないのです。しかも営業をしていないガソリンスタンドには、すぐに無断駐車の車が入り込んできてしまいます。とにかく、グループとしては一番大きなガソリンスタンドでしたから。

いままでこんな仕事をしたことのない私は、ちょっとしたことから手首を骨折したりとトラブルが続出しました。その間も母の居るホームからは何かと連絡が入り、不自由な手で運転しながら母のところに行くことが多々ありました。

身辺整理や雑事に追われるうちに、一年半の月日がアッという間に過ぎていきました。会社を倒産させることなく清算という形で処分することが出来、母をやっと自宅に引き取ることが出来たのは、二〇〇二年（平成十四年）三月七日のことです。

母ひとりを老人ホームに残しておくと、病気や怪我が度重なり日毎に体が弱っていくのは明らかですから、取り返しがつかなくなる前にと思い切って迎えに行くことにしました。

実は、老人ホームにまかせていたのに、こんなこともありました。十二月三十一日、帯状疱疹になった母に強い薬を使い、一時的に意識不明になり、夜中に病院に搬送されることになったのですが、玄関先でストレッチャーが車に入らず、寒いなか外で待たされたりと、一体何をしているの？ と、「えっ、もしかしたら父が、母を呼んでいるの？」などと考えてしまったのです。その日私は家に帰り、母は点滴をして病院のベッドで過ごしたのです。翌日母の所にいきますと、母は元気でベッドに座っていました。アーアー良かった、と安心したのです。

いよいよ母を迎えに行くことになり、母が好みそうな感じのよい男性ヘルパーを我が社の社員に見立てて、

「お母さん、お天気もよいから、みんなでドライブしましょう」

と言って、最低限度の衣類や必要なものを鞄に詰め、トイレ介助もすませて、老人ホームを後にしてきました。

二〇〇二年（平成十四年）母、八十八歳の米寿。私、六十五歳。実は父のいなくなった居室でポツンと過ごすというより、ベッドに入り込んでしまうという時間が多くなったようでした。早く引き取らないと、取り返しがつかなくなってしまうと考え、迎えに行くことにしたのです。

我が家に到着すると、まず、母と一緒に近所のクリニック（内科）に行き、ホームドクターとして今後も定期的に診ていただくようにお願いをしました。「私は往診はしませんよ」の言葉に私は「はい、連れてまいりますから」と、そして母の入れ歯の調子や口腔ケアをチェックしてもらうために、歯科医に行きました。その歯科医は母の義歯を作っていただいた医師でした。

在宅医療と言っても在宅医師が少ないので開業医を頼るしかありませんでした。これが失敗でした。いずれ母は通院も難しくなるから、この時点で在宅医療専門医にするべきだったと。当時の私は、母がいつまでも元気でいると考えていたのです。家族もすべてそう考えていたでしょう。

老人ホームに置いてあった〝魚八景〟を引き取り母の見える所に設置しましたが、

母は一切興味を示すことはありませんでした。これは父が生きている時に購入し、老人ホームに届けてもらい、母が退去してもそのまま置いてあったので自宅に届けてもらったものです。

「アッそうだ、母は音楽が好きだった」と思い出し、低音のフランク永井や、石原裕次郎のCDを母と一緒に買いに行きました。石原裕次郎の曲やフランク永井の唄をかけると、鼻唄のように母の声が聞こえる事もありました。

またサンサーンスのヴァイオリン協奏曲なども買ってきてよく聴いていたことも思い出しました。

また、母はとてもお花が好きでした。家ではお友達三、四名とお花の先生を呼んで生け花教室をおこなっていたことを思い出し、バラ園にも訪れてみました。母の表情は久しぶりにパッと明るくなり笑顔も見られました。

魚八景

小さな子供で心が開く

父が老人ホーム入居後十ヶ月で亡くなると、母の心中はおそらく〈我慢、淋しい……〉のつらい毎日だったような気がします。

ホームでは、車椅子に座ったことのない母は車椅子ごと転倒、〈なぜなぜ……?〉と、私はスタッフを怒鳴りつけてしまいました。施設に対してはますます不信感が募りました。結局のところ、人、つまりスタッフがいないのです。自宅では常に目の届く場所に母はおりますから、車椅子で転倒など考えられません。

老人ホームなどに幼い子供たちが訪れるとホームのお年寄りたちの顔がパッと明るくなり、とてもお元気になるという姿がときどき見られます。

私が入院する事になり、長男の家に近い施設を探して母を入所させる事にしました。時々母の処に長男と孫が訪れて母を見に行ってくれたのです。ある時、孫・母の曽孫がこんな話をしてくれました。

「あのね。僕がチャーチャン（母の事を皆でこのような呼び方をしていました）のお部屋にいったらね、チャーチャンが、

『ぼうや、オバーチャン、おしっこしたいの』と。

『え、どうしよう。我慢出来る』と聞いたら、

『ううん、我慢出来ないの』。

そこにパパが来たからパパに言ったら、

『早くヘルパーさんを呼んで来なさい』と言ったから、僕ヘルパーさんを呼んで来たの。それでヘルパーさんがチャーチャンをトイレに連れていってくれて、おしっこ間に合ったの」と。

「チャーチャンね、いつもいつもウンウンしか言わないでしょ。僕にお話したの初めてでしょ。びっくりした」と。更にこんな話もしてくれました。

「ぼうや何か用事があるの？　用事があるのならオバーチャンに言いなさいね」と。

母は長い間、父と二人だけの生活をしてまいりました。母は父の死後、口を開く事が少なくなりました。ただ頭を動かして返事をするという動作で返事をして

いました。いつもそんな姿を見ていた孫は、二人だけになるとしっかりと話をしてくれる姿にびっくりしたのでしょう。

父の死後、すっかり変わってしまった環境に戸惑い、口数が少なくなり、孫や曽孫達に口を開く事もなくなってきていました。

静かが好きな母でしたから、私の家族が家に集まったりした時は、特に口を開かなくなり目だけで人の動きを追っていました。

特に大きな声が嫌いでした。私と二人だけになると「どうしてあの人あんな大きな声で話をするのかしら。私どこも悪くないし、耳だって良く聞こえるし」などと、よく話していました。

しかし曽孫や孫が集まると、大変賑やかになりますので、更に母は黙ってしまうのです。そんな姿を曽孫達はいつも見ていたので、母が口を開き話かけてきたので驚いたのでしょう。

また、老人ホームに居た時もだんだん口数が少なくなり、ベッドに入り込んでしまう日が多くなったようです。

もっと考えて（と母の心の中）

「外に出るのは気持ちがいい」と思っていても、母は拒絶反応を示すこともよくありました。

それは当り前のことです。本人の気持ちを無視しているからです。

「お母さん、外は気持ちが良いから、ここで下りてみましょうね」

助手席の母にそう言って私も降りようと準備したのですが、しかし急に母が黙り込んで「下りたくない」と言い張るのです。理由はわかりません。

何が気に入らないのか、とにかくガンとして応じません。

何とか言いくるめて母を車から下ろすことにしたのですが、母はいい顔をしませんでした。

しばらくいっしょに車の中で休んでいればよかったのかなぁと。

そうしたら、母はすぐに気が変わったかもしれないのにと思ったのですが、私は早く外に出たくて仕方がなかったのです。

また、長男家族と、母と私とで外出した時のことですが、「いいお天気だから歩きましょう」と私が声掛けをすると、母は下りようとはしないのでそれを少し強引に下ろしたことがありました。

母は「いま外に出るよりも、ここ（車の中）にいたいの」と言われましたが、自分たちの都合ばかり先走って、母の気持ちを汲んであげられなかったなぁとあとで反省しました。

「無理強いをしない」ことが大切だと思っています。

介護に携わる人は、相手の言おうとしていることに対して、「聞き上手」になって耳を傾ける必要があると思っています。

物は言いよう

母はつねに背筋をピンと伸ばし、洋服や和服をきれいに着こなし、趣味の良い高級な物を身につけていました。一週間に一度は美容院でシャンプーセットをしてもらう習慣でしたが、自宅で髪を洗うことはありませんでした。家でお風呂に入る時は、セットした髪型が崩れないように必ずヘヤーキャップを付けていました。

父はこんなことをよく言っていました。

「お母さんね、入れ歯をはずしてきれいに洗うと、また口の中に入れ歯を入れて寝るんだよ。入れ歯がないと顔がみすぼらしく見えるから。お母さんはシャレモン（おしゃれさん）だからね」と。

顔のパックも自分自身で作って、（昔はパック剤などありませんでした）それを三日に一度はおこなっていたのを思い出しました。

実家に立ち寄った時、うっかりパックした母に近づこうものなら、「そばにこないで」と嫌がられたものです。マユ毛とマツ毛にはいつもオリーブ油をつけて、濃くなるように、長くなるようにとオシャレに気を使っていました。

意識して装いを凝らす、という感じではなく、母の場合は生まれついての〃おしゃれさん〃でした。

母が左手首を痛めてお茶碗を持てなくなったことがありました。クセになってしまいそうなので、「お母さん、お茶碗を手で持たないと食べ物が落ちてお洋服が汚れますよ」と注意すると、母は即座に左手でお茶碗を持つことが出来ました。「ものは言いようなんだ……」と私自身驚いたほどです。このように洋服が汚れる、これが母は嫌なのです。

大きな音が嫌いで台所で大きな音をたてたり、テレビや音楽のボリュームを高めると怖い顔で〝きっ〟という感じで睨まれたものです。静かが大好きな母なのです。母が私の家にきてから、私は水道工事をしてもらったことを思い出しました。水道のジャーと大きな音がするのが母は嫌いでしたから、静かになるように調節してもらいました。

すべて大きい音は嫌いでした。扉が風でガタンと閉まったりすると「きっ」と睨まれます。もちろん掃除機の音も嫌いです。家政婦さんがきて掃除をしている時、両親は外出をしていたという話を聞いたことがあります。

長い間父との静かな生活をしていたのですが、父のクシャミも許せなかったようです。母に「むこうに行ってクシャミをしてください」と言われた、と聞いたこともありました。

すごくきつく気が強く、他人に注意を受けたりすることは大嫌いでした。昔から母は「しゃくにさわったから、お父さんのこと、たたいてやったの」などと平気で私たちに話していましたが、父の方でも「お母さんにたたかれちゃって、僕、痛いんだよ」などと話していることがありました。しかし、それは父の甘えであったのです。

春先の寒い日のことでしたが、お迎えにきてくださった方が「今日は花冷えがしますね」と言った時は、言われるままにサッと素直に戸外へ出て車に乗り込んで行きました。

「花冷え」という美しい日本語が、母はとても気に入ったようです。

母の娘時代

私の母は一九一四年（大正三年）に加瀬恒と和田きよの間に三男三女の二女として千葉県印旛郡酒々井町上本佐倉《しすいまちかみもとさくら》に生まれました。

母の祖父、加瀬泰介は現在の順天堂大学の礎となった順天堂医院で医師として活躍し、名を残した人です。順天堂医院は現在、千葉県の指定史跡「旧佐倉順天堂」として一般公開されています。

父の加瀬恒も同じく千葉大学医学部出身の医師で、母の生家である酒々井町上本佐倉で祖父の後を継ぎ開業医をしておりました。祖父、父と、代々医者の家庭に育ったためか、気位も高く躾《しつけ》なども厳格に育てられたそうです。「父は立派な医者でした」という母の言葉を常々聞かされていました。

祖父の泰介は午前中は自宅で診察し、午後は順天堂医院に出向いて診療をおこなっていました。また、千葉県香取郡にあった多古病院にも出向き診療していたことが文献に残っており、医師として多忙な日々を送っていたようです。

母方の親戚にあたる橋本吉人氏が一九八一年（昭和五十六年）に著した『医師加瀬泰介伝記』（生々文庫四）という評伝には、このあたりの祖父泰介の人となりが詳しく紹介されています。

母は佐倉高等女学校に通っていた頃、帰宅途中に祖父のいる順天堂医院に寄り道して数時間そこで過ごしてから生家に帰ることが多かったようです。佐倉高女に通っていた頃の袴姿に皮靴の写真を見たことがあり、驚きました。

後に指定史跡「旧佐倉順天堂」を訪れた時、往時そのままの建物や庭先ではないにせよ、そこここに昔の名残を留めており、「ああ、ここにきたことがあるの」と懐かしそうに目を細めていた母の姿を思い出しました。

母・百代の母、和田きよの生家は著名な音楽評論家（大木正興）や光風会所属の油絵画家（和田清）、映画評論家（橋本吉八）、日本画家（五十嵐幹）など多数の芸術家を輩出した血筋です。母自身もクラシック音楽を鑑賞することがとても好きな人でした。

ある時、音楽好きだった母は「芸術のことは、お父さんにはわからないのよ」と私に話してくれたことがあります。といって、母は芸術や学問に関心の薄い父に対して不満があったわけではないのです。むしろ、明るい性格で仕事熱心でスポーツマンで、という裏表のない一途な父の性格を尊敬していたのです。

父と結婚した母は、大和橋《やまとばし》の近くにある木造三階建て飯豊商店の奥様として、何一つ不足のない恵まれたスタートを切ったと思います。私も幼少期にその古い大きな商家で過ごしました。母は父の兄（長兄）に大変可愛がられていたという話しを聞いたことがあります。私も幼少期をその古い大きな商家で過ごしましたが、使用人や女中さんが大勢いたことを覚えています。しかし、その家も戦争で焼けてなくなり、太平洋戦争が終わる一九四七年（昭和二十二年）夏までの間、母と私たち兄妹は母の実家に疎開をしていました。

母の愛した家

父の不在の間は母が女手一つで家庭を守り、私たち三人の子供の生活を守っていかなければなりませんでした。

あらゆる物資が不足し食糧難に見舞われた敗戦後の数年間は、〝焼け跡闇市時代〟とも言われましたが、それまで苦労知らずだった母も、大きなリュックを背にして食糧を大量に運んできた姿をよく覚えています。また、自転車に乗った母の姿も初めて見ました。

母は愚痴や苦労話を私たちに語る人ではありませんでしたが、父の不在の八年の間、苦しいこと、辛いこと、不本意なことなど数え切れないほど体験したにちがいありません。

田舎にいる時、突然「家を建てたから、さあ、みんな家に帰りますよ」と母から言われ、兄、私、妹と母四人で新しい家に帰ることになりました。私が小学校四年の終わり頃だったと思います。

その当時の家は小さく昔風の造りで、道路から門、玄関、庭は小さく二つの部屋と廻り廊下、台所、浴室、手前の右奥が物置と、こじんまりと造られていました。戦後の物資のない混乱期に家を建ててくれたことから考えても、祖父がいかに母のことを気にかけていたかがわかります。

私の家で暮らすようになってから、外出し帰ってきた時も、車から下りないで「ここに寄っていくの？」などと聞いてくるのです。「そうね、ちょっとだけね…」といって、軽くなだめるようにして玄関前までたどりついたとしても、毎回、入る前に「よその家でしょ？」と不思議な顔をします。

「ここ、洋子ちゃんの家でしょ、お母さん」

すると、「ああ、そうか」とうなづいてくれます。家の中に入れば何事もなかったように忘れています。

落ち着いたところを見計らって、そのつど私は母を安心させるために、「早く家に着いてよかったですね」とか「お茶を飲みますか？　お家で休むのが一番いいですね」などと話しかけることにしています。

第三章　私の軌跡

ずうっと昔のこと

私の一番古い記憶は、細長いお台所でお茶碗を持った女中さん（今はお手伝いさん）の追跡から逃げ回っていたことです。

追いかけられていたのは、母の母乳が出ないため、うどんを煮て私に食べさせようとしたからなのですが、たぶん、私はそれが嫌いではなく逃げるのが面白かったから必死で逃げ回ったのだと思います。

父は戦争で応召されていましたから、家には父の兄（長男）が店（飯豊商店）の留守を守っていました。伯父は体が弱かったため、応召されなかったのです。

当時、飯豊商店ではお砂糖を売っていました。その頃はお砂糖は専売だったと思います。たぶん女中さんが二人か三人いたように憶えています。

店には大きな神棚があり、店を開ける前に社員全員で朝の朝礼をおこなっていました。

私は伯父のあぐらの中にちょこんと座らされていました。その伯父は濃いヒゲを私の顔にジョリジョリとつけてきたのをよく覚えています。

きっと、かまってもらうことで父のいない淋しさを伯父さんがまぎらわせてくれていたのでしょう。

戦争中だった当時のおやつの思い出は、角砂糖や氷砂糖を食べていた記憶があります。

伯父さんの妹、父の姉である伯母さんが幼稚園をやっていましたので、毎日、兄と一緒にお店の番頭さんに車で送ってもらっていました。

このことはその頃幼稚園に通っていた先輩から「小さな洋子さんがいつもお兄さんの後からついてきて、園長先生とお弁当を食べていたのよ」と教えられました。

その頃の家はずいぶん大きな家で、二階は大広間のようになっていて、出窓のようにぐるっと回っていたと思います。建物の裏側には鉄の階段が付いて非常口になっていました。

この家が戦争で焼け、祖父が建ててくれた家はとにかく小さい家でした。母、兄と私と妹の四人で生活をしている時には、母から厳しく躾を受けたことが印象に残っています。

朝早く起きると、まず兄と私は家の中でやることが決まっていました。玄関の掃除、庭の掃除、部屋の掃除、そして回り廊下の掃除です。すべての掃除がちゃんときれいに終わったら、「お母さん、終わりました」と母に報告に行きます。朝食の食卓の用意をしたら食卓の前に正座して、「お母さん、おはようございます」と挨拶し、食事の前には両手を着いて正座して「いただきます」と言ってから朝食を食べ始めます。

ここからその日一日が始まり、そしてそれはちょっと大げさかもしれませんが、その後の人生の生活態度を決定づけるような一日の始まりともいえるでしょう。

「七夕空襲《くうしゅう》」

一九四五年（昭和二十年）七月七日、市街地をおそった千葉の「七夕空襲」で千葉市一帯が灰になりました。

サイレンがけたたましく鳴り響いた時、母が「早く逃げなさい！」と叫んだので、兄と私は身一つで外に飛び出し、避難する人々の後について行きました。私は八歳、兄は十歳でした。

悲鳴や怒声が入り交じるなか、しっかりと手をつなぎ合って私たちは歩き続けました。

どれほど歩いたのか、どこまで逃げてきたのかわかりませんでしたが、気がつくとよその家の前に立っていました。

戸が開き、「これを食べなさい」と、その家の人からおむすびをいただいたのを覚えています。

どうにか火の手がおさまってきた頃、私は

「お兄ちゃん帰ろうか……」

と言って何となく人の後について歩いていたら、家の前に戻ってこられました。我が家は大和橋という橋の所にあったのですぐに分かったのです。まだ燃えていましたが、母と妹を見つけ「お母さん」と飛びつきました。

たぶん時刻はお昼を過ぎていたと思います。

その日のうちに、私は番頭さんの自転車の後ろに乗せられ、母の実家である酒々井町上本佐倉まで連れていかれ、そこで「疎開生活」が始まりました。

疎開先は、祖父母の家に総勢十八名の大家族で暮らすことになりました。

祖父母の家は、診察室のある家と伯父さん家族が住んでいる裏の家（私たちはこう呼んでいました）とは屋根の付いた渡り廊下でつながっていて、お台所は祖父母の家に、お風呂は外にありました。

伯父さん（母のお兄さん）がたくさんの菊の鉢植えを育てており、裏の大きな庭には柿の木やみかんの木、びわの木がありました。

先祖代々加瀬泰介の代から続いた家でしたから、とにかく土地の広さはすごく、玄関外で車夫の人が人力車に乗せてくれた時は、それはびっくりしました。

地面よりずっと高くなり、車夫の人が真赤な膝掛けを掛けてくれて少し動いてくれた時は、まるでお姫様になったような気分になりました。

〝千葉っ子〟と言われ、石を投げられたこともありました。

私は少しでもおばあさまや伯母たちのお手伝いをしようと、母のお姉さんの子（女の子でたぶん私より五歳くらい下だったと思う）を、学校から帰ってくると、その子をおんぶして毎日過ごしていました。その子は私より年下でも身体は大きく、おんぶしても足がつきそうになっており、また背中でオシッコをしてしまったことが何度もありました。

私の考えでは、きっと少しでも役に立ちたいと思うのと同時に、自分より小さい子が好きだったのだと思います。ただ食べ物は大変。お米の中においもの方が多い。何しろ子供だけでも八名ですから。

祖父は医者で、人力車でほとんど毎日往診に出ておりました。

小学校は酒々井の小学校にしばらく通っていました。

父が帰ってきた

私が十三歳の時、待ち焦がれていた父が新しい家に帰ってきました。私も千葉大付属小学校に復学することが出来、父を中心とした平和な〝楽しい我が家〟の暮らしが始まりました。

その頃、隣のお寺から音楽が聞こえてくる日が続いていました。「あれー、これは…」と行ってみるとお寺が幼稚園を経営していて、園児が帰った後に児童舞踊がおこなわれていました。私はときどきそれを見に行っていたのを覚えています。

しかしいつの間にかその音楽も聞こえなくなっていました。風の便りでバレエの発表会のことを知り、一度見たいと思い、見に行ってしまいました。早速入会をしたいと思い、母に話をし父にもお許しを得るために話したら、「そんな金のかかることは駄目だ」と反対されました。

それは、そうです。商人は一円でも無駄にはしない。しかし、母は「洋子にはバレエをやらせます」と後には引かず、父の興奮した「いや、駄目だ！」の押し問答が隣りの部屋から聞こえてきました。とうとう、父も折れて「そんなに洋子がやりたいのなら」とお許しが出て、バレエを始めることになりました。

それが服部、島田バレエ団。早速入会したのですが、しばらくするとまた閉鎖。その後に大滝愛子バレエ団の先生に変わりました。大滝先生のパートナーであった原佑次先生がレッスンを担当、しかし体の弱かった先生は私に「代講をしてほしい」ということで、私が幼稚園を借りて（私が交渉して）子供たちに教えるという機会を与えられました。その後にバレエの発表会があり、私も千葉教育会館で出演することが出来ました。

しかし発表会を最後にバレエ教室も閉鎖することになり、しばらくバレエから遠のくことになりました。しかし、どうしてもバレエをあきらめることが出来ませんでした。

人生の伴侶となったバレエ

その後私は一時的にバレエから遠ざかったことがありましたが、何としても「バレエの夢」を捨て切れず、母と共に叔父で音楽評論家の大木正興氏に相談しましたところ、「私の親族に音楽関係の人が生まれることは大変嬉しい。親族には絵画関係者はいるが音楽関係者は出ていない」と喜んでくれました。大木正興氏はNHK総合テレビで放送されていた音楽番組『NHKコンサートホール』［（金）午後九時四十分～十時三十分迄］の番組で十年間解説と評論をおこなっていました。

そこで舞踊評論家で第一人者と言われる牛山充先生をご紹介いただき、そのご縁で「橘秋子バレエ学校」に入学することが決まり、またバレエに打ち込むレッスン漬けの日々が再開することになりました。千葉から吉祥寺まで通いました。

父も説得して一年位通った頃、橘バレエ学校では世界的なバレリーナを招待して日本のあちこちで公演をすることになりました。

橘秋子先生は「洋子さん、あなたはまだ一年しか通ってないけど一番早くきて、お掃除をして（当時広いバレエのレッスン場を）とにかく熱心だから今度の舞台に参加してもらいましょう」と言われました。これには驚きました。

みなさん五年も六年もレッスンをして舞台に出たりしている先輩ばかり、それは一九五五年（昭和三十年）、通称「ダニロワバレエ団」公演、牧阿佐美、橘バレエ団共演。大阪サンケイホール（十月十七日～十九日）、名古屋公演（十月二十日）、東京日比谷公会堂（十月二十一日）、東京サンケイホール（十月二十三日、二十四日、二十五日）、京都祇園甲部歌舞練場（十月二十六日）、広島公会堂（十月二十七日）長崎三菱会館（十月二十八日、二十九日）、福岡市電気ホール（十月三十日）、熊本市新世界（十月三十一日）、大牟田市民会館（十一月一日）、八幡労働会館（十一月二日）、日比谷公会堂（十一月四日）と世界的な方々と一緒に舞台公演をともに過ごすことが出来ました。

その後、ＮＨＫホールでの本番前のリハーサルを新橋飛行館ホールでおこなわれたのです。その際、不覚にも右足首をギクッと。その時、橘秋子先生の声が響き渡りました。

「何をやっている！　神経集中してないからだ！」と。

その声にびっくりして痛みが吹き飛んで本番をすませたのです。

帰りの秋葉原からの電車の中でものすごい痛みを感じ足首を見たら、えっと驚いてしまったことを今でも思い出します。右足首から膝までが同じ太さになっていたのです。

二十一歳の時、松尾明美バレエ団の要請により、足首の痛みも消えた私は俳優座劇場でコッペリア全幕に村娘の役で一ヶ月公演に出演するチャンスを与えられました。

私は結婚して三人の子供に恵まれましたが、主人は長い間、母親と二人だけの生活を送ってきたため、考え方などが少し変わっていました。

結婚後の私はそうした違和感から距離を置きたい気持ちもあって、昔のバレエの経験を生かして何か出来ないかと考え続けました。

その頃、加山雄三さんの母上である小桜葉子さんがやっていた整美体操と食事療法に私も挑戦してみようと考えて、茅ヶ崎まで通って一年で免状をいただき、その後自宅に二十四坪の教室を開設したのは一九六八年（昭和四十三年）私が三十一歳の時でした。

昼間だけ女性の体操教室として使っていたのですが、もっと有効に使いたいと考えていた時、スポーツ紙にボディビルのことが出ていたので、ボディビル協会を訪れ、公認ジムに認定されたのが、一九六九年（昭和四十四年）でした。

当時の協会長は八田一朗氏で、一九五〇年（昭和二十五年）から三十三年間日本アマチュアレスリング協会会長を務め、日本レスリングの黄金時代を務めた方でした。ジムでは、男性に指導するという私のことがマスコミに伝わり、三十二歳の時、テレビ朝日「桂小金治アフタヌーンショー」に出演。週刊新潮グラビアに掲載。日本テレビ「特ダネ登場」に出演、また女性週刊誌の女性自身では「やってます！　女一人の職業」に紹介されました。

一九七二年（昭和四十七年）、当時ボディビルコンテスト全盛時代に、日本ボディビル協会公認の審査員、パワーリフティングの審判員に認定され、女性第一号として各地のコンテストに審査員として出向いて行くことが多くなりました。当時三十五歳、その間にも日刊スポーツで「女性ボディビルトレーナー」で紹介され、一九七三年（昭和四十八年）週刊読売〝新春特大号〟でグラビアに、さらに報知新聞、新春女性カレンダーに「なよなよ男性鍛え直す」に三人の子供とともに紹介され、日本テレビ「ほんものは誰だ」に出演、また婦人公論三月号にグラビアで紹介されました。

一九七四年（昭和四十九年）著書「足を細くする」が出版され大変な反響があり、その後女性雑誌の監修などでさらに忙しくなる。三十七歳、一九七五年（昭和五十年）から千葉テレビ「オープンスタジオＰＭ８」のキャスターを担当。と同時に、昭和五十年十一月十五日の日刊スポーツに、「弱いアナタってイヤ…」と紙面半分を飾る記事に。その後、一九八七年（昭和六十二年）三月まで「フライデー８」の司会を担当、番組内で自衛隊習志野演習場に於いて、女性では初めて第一号落下傘飛降り訓練に挑戦。また成田エアポートの管制塔から飛行機を見られた時のことは今でも思い出されます。

一九八二年（昭和五十七年）十月から、一九八六年（昭和六十一年）九月までの四年間、毎日新聞千葉版コラム「しおさい」を担当、一九八九年（平成元年）三月「体の中から肌がきれいになる」を出版、一九九八年（平成十年）「足だけはヤセ方が違った」が出版される他、小冊子の原稿依頼も数多く、大変勉強になりました。

私が一番愛着を感じていること、やりたかったことはやはり、自分がもっとも愛し、私の身体を作り上げてくれたエアロビクスダンスでした。

そこでバレエの体験を生かして、自分の気に入った音楽と併せて、それに振り付けをするという形で従来なかった〝エアロビクスダンス〟に挑戦し、私なりの形にすることに成功しました。

自分の好きなことを片時も忘れずに大切にしているうちに、遠回りしながら「私の夢」がふるいにかけられ、望ましい形で実現したのだと思っています。

こうした心と体の若さを維持し続けるレッスンや諸活動により、一層多様性を持つものとなって、身体のスタイルや運動能力も「五十五歳で三十歳の身体」とまで医師に言われるようになりました。

努力すればするほど、自分のからだが、自分の願う方向に向かって変化して行く。おそらく、こうした発想や取り組み方、〝持続のコツ〟、さらに挑戦するという気持ちが、母の介護の仕方にもつながって私を支えてくれたように思っています。

実はこんなこともありました。私の長男が小学校六年の終わり、学校から帰宅した息子の頬はガーゼと絆創膏で覆われており、私に顔を見せないようにしていました。

「一体どうしたの？」「ううん、何でもないよ!!」と。

しかし私はどうしても見たくなり、はがして見て驚きました。火傷なのです。何故？

「友達がストーブの上で真っ赤に熱くなった鉄片を息子の頬にジュッ」と。息子を連れて二カ所の皮膚科に行き、診ていただきましたが

「これは痕に残りますね」と医師の答えでした。

それなら私が治してあげると決め、私のやり方で完全にきれいに治すことが出来ました。これは信念だと思います。しかし本当にきれいに治すことが出来るか？

それは不安で不安で。しかし信念を持っておこなった結果、息子の顔には痕もなくきれいに治すことが出来ました。

二〇一〇年(平成二十二年)十二月二十五日、当時私は七十三歳。孫とともに東京タワーに。孫が「洋子ちゃん一番上まで階段で上っていこう、ネッ、ネッ」と。「えー」と私。とうとう孫とともに六百階段を上りきることが出来ました。多分これが根性なのでしょうか? いいえ挑戦なのです。

色々な所に出場・出演することにより、人間の身体のありとあらゆる機能や構造に対する知識が身に付き、自分自身の仕事を通じて得た知識や経験のみで医者いらずの生活をすることが出来、今思えば在宅介護をおこなう上でこれらの経験がいかに役に立ったことか。在宅介護に必要なことは何か。

また、こんなこともありました。一月末日、不覚にも左足首を骨折してしまったのです。その場でそばにいた人に「すぐ氷を買ってきて下さい」とお願いをし、病院に行くまで氷で冷やしておりました。

レントゲン検査の結果、ギブスを付け松葉杖を使用することに。しかし、松葉杖を上手に使うことが出来ず、このままジッとしていたら私の脚はどんどん弱ってしまう。事故の翌日から常に冷凍庫に入れてあった「熱さまシート」と湿布薬を取り出し、毎日交換することにしたのです。一週間後、病院に。主治医は「ずいぶん腫れも引いて良くなっていますね」と。

さらに交換を自宅で続け、十日後には歩数五六四六歩、十二日後は七六二五歩と歩いていました。もちろん外出していました。結局一ヶ月半で完治と医師から告げられました。この治療法も自身で考えた結果です。

今は足首に五百g両足で1kgの重りを、さらに万歩計をつけて、毎日記録しております。私の曽祖父、祖父も医者であったので、そのＤＮＡを受け継いでいるのでしょうか？

こんなことも。身体を動かす、つまり運動には怪我がついて廻ります。エアロビクスダンスを教えている時、助手が足首を捻挫。その時の「応急処置が良かった」と助手が医師から言われた、という話を聞き「良かったですね」と。結局治りも早くなるのです。

なぜかいつも自然にあらゆることが身に付いてきていました。

私はさまざまな人たちやその場面に遭遇してきましたが、そのたびに周囲の人たちからは
「よく色々なヒントが次から次に生み出されてきますね」

と言われることがあります。

それはきっと、せっかちで働き者であった父に似て、いつも絶え間なく歩き続け、心とからだを動かし続けてきたからではないかと考えています。

母との静かな生活

ある朝早く隣のベッドから「オシッコしたいの」という声が聞こえたのでトイレに連れて行くと、「ああよかった。もう少し我慢していたら、子供みたいにもらしちゃうところだった。」という言葉も出てきました。

そんなにしっかりとした調子で母がものを言うのは久しぶりのことで、私はびっ

くりしたり、嬉しくなったりしました。健常な時の母と同じ表情、反応になっていたのです。

また、手首をひねってしまい病院へ行った時、二時間半近くも待たされて、私はイライラしているのに、母の方は黙って静かに待っていました。これが医者の娘であるという自覚なのでしょう。

その時も「お母さん、静かにしていてえらいのね」と感心して言ってしまいました。母はテレビでフィギュアスケートが始まると真剣に見ています。それはバレエと同じに見えるからでしょう。私も母と一緒に見ることにしています。そうすると安心、優しい母の顔が見られます。

私の介護疲れ？

私にも「介護疲れ」がなかったわけではありません。母を引取った一年二ヶ月後、私の身体は少しずつ除々に〝怒り〟はじめ、我慢の限界を超え救急車で病院に運ばれました。病名は「腰部脊柱管狭窄症」「第四腰椎変性すべり症」。二〇〇三年(平成十五年)五月三十日のことでした。

以前も両親の介護のため、二階と一階の階段を行き来するうち、膝をひねって腫れ上がり、千葉大学医学部付属病院の整形外科教授守屋秀繁先生に膝の水を抜いていただいたことがあります。

その時先生は、レントゲン検査とMRI検査の結果を見て、「この年齢で考えられないほど骨が若い。しっかりしてとてもいい筋肉がついている。間接も柔らかいしね」と言って下さいました。

今回も偶然、その守屋先生に病院でお会いした時に、「何か重いものでも毎日持つような生活をしていなかった?」と聞かれました。

重いもの? ああ、そうだ。母の車椅子を毎日、乗用車のトランクルームに入れたり出したりしていた……と思い当たりました。

最初は母を後ろの座席に座らせていたのですが、母が退屈になって、下を向いてティッシュをたたんだり広げたりと、そんなことをしているうちに、

「洋子さん、気持ちがわるいの」

と言い出したので、母を助手席に座らせることにしました。外出時は必ず車椅子を車に乗せていくようになってきたのです。

「眠たくなっちゃった」と言われた時に、座席を倒したいのですが後部座席には車椅子が。

「ああ、それでは後ろのトランクルームに入れないと……」

というわけで、毎日、外出時、車椅子をトランクルームに入れたり出したりしていました。

借りていた車椅子はタイヤのかさは軽めの十三・二kgですが、しかし車のトランクルームは地面から八十三センチくらいあります。そこに入れるには車椅子をもっと高く持ち上げて取り出したり、入れたり。いわゆる体をぐっと反らせないと出来ません。

これを毎日繰り返していれば、一四九cmの身長で四十三kgの体重の私にとっては、大変な重労働になります。そんなことが続いて、私の身体は〝怒り〟始めていたのでした。十代の後半からクラシックバレエ・整美体操・ボディビル・エアロビクスダンスと、四十年以上も身体を動かすことを仕事としておこなっていた私の体ですから、こんなことは何でもないと考えていたのが大間違いだったのです。

こんなことがあってから、車椅子はモーターでトランクルームに収納出来るように注文しました。車椅子をたたんでヒモをかけモーターでつり上げて収納するタイプです。クラウンでこのような車を造ったのは私が第一号だったようです。

また、母が助手席に乗る時はつかまる所がありません。そこで電動で助手席が動いてドアの外に出る助手席を、作ってもらうことにしました。

助手席がモーターでドアの外にまで出てくる助手席にしていただきました。

注文したのは二〇〇三年（平成十五年）の九月、納車されたのは十一月。その間も大変な思いをしなければなりませんでした。

これでよしと思ったのですが、助手席に座らせる時にはちょっと母を抱かないと座らせることが出来ません。座席がもう少し低くなっていればと思いました。

救急で病院に運ばれた時から二〇一〇年（平成二十二年）の夏まで、ずっと痛みに耐え続けての生活でした。

とにかく朝起きられない。痛みは坐骨から足首までの痛みとなります。この痛みは寝ている時も同じです。

母の介護が先で痛みをこらえるために、腰や足首にカイロを貼ります。足首は痛みが激しいため熱さを感じません。ちょっと手があいて足首を見てみると、カイロでやけどをしています。この繰り返しで穴が開いてしまうこともありました。

神経根ブロックや硬膜外ブロック注射など色々な治療を受けました。根本的な治療方法は無く、痛みを和らげる注射だけです。注射液は「局部麻酔剤」と「副腎皮質ホルモン剤」を硬膜外腔に注射するだけなのです。二〇〇三年（平成十五年）五月に救急搬送された時は、注射、点滴をおこなった後、一時的に痛みが取れて帰宅しましたが、以後数年間痛みとの闘いが続き、痛み止め服用で顔全面に湿疹が出来たほどです。痛みは母の死後も続いています。

私の「腰部脊柱管狭窄症」と「第四腰椎変性すべり症」の痛みを和らげ、杖を使わずに歩けるようになったのはどうしてですか？　とよく聞かれます。

二〇一〇年（平成二十二年）の八月から「あっ、そうだ」と考えて温めるカイロを身体につけることにしました。乗り物や大きなスーパーに入った途端、冷房で全身の痛みが出てきます。そこで私はどこにカイロを貼ったらいいのか考えたのです。筋肉が冷える。そうです。寒いと思った時、よく腿が寒いなぁと感じます。そこで両脚の大腿部に貼ることにしました。さらに腰の筋肉の所に。これはジーパンのポケットに貼ることにしました。筋肉の少ない所は火傷をします。母を介護している時、よく足首を火傷していました。

さらに古くなったセーターの袖を切って（これは後述の〝私のアイデア〟の中に書かれています）膝の部分が隠れるように下半身を温めます。これは父が生存中、脚がつると訴えていた時にも使用させていました。

また脚がつるのは、筋肉の水分が不足すると出てくる症状なのです。私の場合は両袖を膝から下に履いて（つけて）います。

このカイロをつけるのは夜寝る時にも、足首（右側だけ）と腰につけて寝ています。もちろん火傷に注意するためにあて布をしてつけています。

私のＭＲＩ検査の映像を見ますと腰のあたり、いわゆる脊椎（椎骨）の中に神経が埋まってしまって圧迫しているので足の裏のしびれも出ています。そのため、あまり感覚はないのです。

よく聞かれるのが「カイロを夏につけたら暑いでしょう」と。確かに暑いです。しかし循環が悪くなっているので、痛くなるのです。それを、温めることによって痛みを出さないようにしているのです。

「皆さんもお風呂に入ったりすると温まり、痛い所も和らぐでしょう」と話をすると納得するようですが、なかなか実行する方はいないようです。

「是非一度試してみて下さい」とお話をしています。私は色々な事を何でも試しています。

とうとう父のところに

私の母は、二〇〇八年（平成二十年）八月二日に九十五歳で亡くなりました。

母を老人ホームから引き取って、私の家で同居生活をスタートさせたのは二〇〇二年（平成十四年）三月七日のことですから、私の介護生活は六年以上続いたことになります。

その間の日々の経過や介護の工夫・アドバイスなどについては後述しますが、ここでは母の亡くなった時の状況について簡単に紹介しておきます。

その日も、ヘルパーさんと一緒に夕方、

「お母さん、トイレに行ってオシッコしましょうね」

と言って母をベッドから車椅子に移乗させ、トイレに連れて行き座らせると排尿が二回ありました。

その後きれいにお湯と石けんで洗い流し、また車椅子に座らせてリビングに戻り、タイマーを設定して、

「お母さん、タッピングしましょうね」

母は頭を動かして「うん」とうなずいて応えました。その瞬間、母の背中がピンと伸びました。

タッピングとは、空気が肺より下に（ウエストの脇あたりに）落ちている可能性があるので、手の平を三角にして（山のように）ウエストの脇から首の下までリズミカルに叩く。つまり下から上に向かって右側、左側と三分くらいおこなう行為。手の平の中に空気を入れるようにすることで痛みもない。

そして、背中をタッピング三分。

「気持ちよかったですか？」の問いに、また頭を動かして「うん……」。

それからベッドに移して、寝間着を整えているうちに、母は静かに息をひきとりました。その時の母の顔は、とても安心しきったような、きれいな顔でした。母らしく排泄もきちんと終えて、水泡ひとつないきれいな身体で本当のオシャレを最後まで持ち続けた母の最期でした。

お母さん、よかったですね。やっとお父さんの所に行けますね。

心の中でそう話しかけると、母の顔は、

「洋子ちゃん、ありがとう」

と言っているように見えました。

「お母さんのようにお父さんもこの家で洋子に看病してもらいたかったのでしょうね」と母。

私は、そうなんです。父の本当の気持ちを理解出来ずに悔んだのです。お父さんもここで…。お母さんと同じようにこの家で……。

私は母の遺体に向かって、今度は声に出して、自分の胸に刻むように小さいけれどはっきりした声で伝えました。

お母さん、長生きしてくださってどうもありがとうございました。

第二部

私の介護日誌から

――悔やんだ末に始まった母の介護

二〇一〇年(平成二十二年)十二月二十三日

天皇誕生日のお言葉

「高齢者を守る社会が大切と、日本を復活させたのは、明治・大正生まれの人々です。それを忘れていませんか?」と。

天皇陛下のこのお言葉は今の日本を象徴していると思います。

この介護日誌は、母を私の自宅に引取り二〇〇八年(平成二〇年)の八月に母が亡くなるまでの二三〇〇日余りを、共に歩んだ介護をありのままに綴ったものです。又、天皇陛下を心から崇拝《すうはい》していた両親を最後まで見る事が出来た事は私の幸せといえます。

平成14年——母を連れて帰ってきた

3月7日（木）　老人ホームから母を連れて自宅に帰ってきた。母88歳、要介護度2。ホームには「母を自宅に」とだけ話してきた。何となく暖かいが、何故か母は車の中ではクシャミ。えっまさか風邪?。

3月12日（火）　母はコンコンと長い時間眠り続けて、夜まで起きなかった。たぶん安心したのでしょう。医師は「ここは安心できるところだから」と前に言われたことがあった。

3月15日（金）　7日に母を引き取りいろいろと準備を重ねてきましたが、今日からが在宅介護本番スタート。母を引取ろうと考えた時、友人を訪ねて話をしたところ、「それなら社会福祉協議会に行ったらどうかな」と教えていただきました。話を聞いている内に、昔色々と相談をしていた市長の秘書をしていた方がいらっしゃるというので、安心してすべてを話しました。そして協議会の課長さんが母のケアマネージャーになって下さり、安心致しました。しかし、この頃はまだ介護保険制度が確立されておらず、介護ヘルパーも数少なく大変苦労しました。まず、訪問看護ステーションから看護師さんが来家。体温、血圧測定、血中酸素など測定した。物静かな方で、母は気に入った様子。

午後、母の義歯を作ってもらっていた歯科医訪問。老人ホームにいるときもホーム指定の歯科医にて義歯の調整をしていた。母の義歯は加齢により少しずつ合わなくなってきている。

3月17日(日)　母が家に来てから10日目。尿が大量に出た。入浴は午前中。スムーズに行うことができたが食欲はなし。私の家に来ての生活は初めてだからか、母の顔が不安そう。午後2時半頃から表情が険しくなってきた……。

これから、大丈夫かな？

私は会社に行くことが多いので、留守番は母を引き取りに行ったときにお願いした男性にする。彼はヘルパーの仕事もしており、身の回りの世話だけではなく、母の状態の観察・判断も安心して任せられる。

3月18日（月）　ヘルスステーションの人が来訪。なぜか、母の顔が険しい顔に変わった。排便は良好。自力でできた。どうも母は気に入らないらしい。声は大きく、母のそばにぴったりと付いて話をする。それがいやなのでしょう。

翌日も排便有。入浴もスムーズ。しかし、夜、ふとんの中で失禁。昼間のことが原因かも？

3月21日（木）　老人ホームから「魚八景」が届く。「魚八景」とは、新聞に「熱帯魚観賞はアルツハイマー病に効く」と紹介された熱帯魚観賞用装置です。記事には「米インディアナ州の研究者らによると、州内の老人ホームに魚を入れた水槽を設置したところ、徘徊や攻撃的な行動など同病特有の症状が減り、それまで口をきかなかった女性が魚のことを質問するようになったという。魚の色と動きなどの組み合わせに〃効能〃があると見られる。（ニューヨーク）」とあり、「すぐ買いなさい」と父に言われ、老人ホームの両親に届けたもの。以前に、病院に設置されていたのを見たことがありました。（46ページ参照）

3月22日（金）　母のホームドクターとなる近くのクリニックに行く。医師と母は何となく心が通い合ったような感じがしてホッとする。おだやかな印象で静かに話してくれる医師が母は気に入ったようです。しかし「往診はしません」と言われた。「大丈夫です。連れて参りますから」と私。その後、近くのスーパーダイエーに母を連れて行き、車から車いすを降ろし、母を乗せてスーパーの中を歩く。母はキョロキョロと周囲を見渡していた。上機嫌。母がスーパーを訪れたのは何年振りでしょうか？

3月27日（水）　住宅改修で、手すり等をつけた。また和室からフローリングに移る所が段差があるので段差をなくすようにスロープにした。健康状態良好でよい便が出た。体調がよいので、翌日は千葉市の見浜園（幕張メッセ）に行く。

3月29日（金）　母は下着に便をしてしまった。私は会社に出かけていた。留守番の男性ヘルパーにも排便援助をお願いしていたが、母は上手く便意を伝えることができなかったのかもしれない。まだ男性に気を許していない感じ。

4月4日（木）　本日から〈木曜日と日曜日の週2回、午前10時～午後4時〉まで、デイサービスを開始。デイサービスから帰宅後は、疲れが出たのか、うたた寝。デイサービス先の連絡ノートに昼食は「80％」と報告されていた。母は夕食も自宅で同じく80％。

4月6日（土）　母をヘアーカットに連れて行く。とても嬉しかったのか、上機嫌。

夕食１００％。おしゃれな母は昔から髪を大切にしており、一番気にしているところなので。（老人ホームにいるときも母は1週間に1回行っていた。父から電話でお金の心配をしてきたこともあった。）

4月7日（日）　デイサービスから帰宅したとき、淋しかったのか、私の体に顔をうずめて、赤ちゃんのようにすり寄せて来た。夕食90％。（母は大勢の人がいる所は昔から嫌いだった）

4月11日（木）　デイサービスから帰宅したとき、母の笑顔が見られた。デイサービスに通うようになって初めて見る笑顔。母に何となくゆとりが感じられ嬉しい。アーアー、よかった。夕食は90％。

4月17日（水）　トイレの水の流れる音が「うるさい」というので、業者にお願いして流れの強さを2段階（小・大）に切り替えるために水槽を取り替えた。

4月20日（土）　4、5日前から母の様子が少しおかしい。今まで依頼していた男性のヘルパーさんに不満を持つようになった。「何やれ、これやれとうるさい」と言う。相性がよくなさそうなので、昨日から新しいヘルパーに変わってもらった。
ところが、やはり母の顔色はきびしい。ヘルパーさんがいること自体、気に障《さわ》るのでしょう。とにかく母の状態が悪く、夜もなかなか寝つけない。そして不眠障害がさらにまた不機嫌の原因を作っている。（昔から家政婦さんが1週間に1度来ていたが、両親は外出をして一切仕事を見ない（気になるから））という話を聞いたことがある。

4月29日（月）　母は家の中をウロウロと歩き回る。不安で落ち着けない。そして、口ぐせのように「家に帰りたい……」を繰り返す。母が戦後過ごした家に帰ると言う。（この家は、自分が住む所ではない。洋子の家だから、なぜ洋子の家に？　母の頭の中はずーっと混乱の連続だったのです）しかし、しばらくするとあきらめることができたのか、「家に帰る」とは言わなくなる。今日もいろいろとなだめて、夕食を食べさせた後で落ち着きを取り戻す。

5月3日（金）　母とダイエーに買い物に行った後、「バラ園」に足を延ばす。母は美しい花々に囲まれてはなやいだ気持ちになり、終日ご機嫌。バラ園では気分転換をかねて、母が車いすから降りて押すようにしたが長くは続かない。いくらも進まないうちに「疲れた……」と言って動かないので車いすに座らせる。「ああ、きれいねー」と咲き乱れる花々にうっとりして「きれいねー」と連発。

しかし、「ヘルパーがうるさいの」とまた不満を言う。不満が生じるたびに担当を変えられない。（母は昔から静かに生活をしてきた。口数の多いヘルパーが苦手で、いやなのです。ずーっと〝お姫様〟だったのです。）

5月8日（水）　デイサービスを増やすことにした。そのために母に面接したいと施設の人が来家。私は悪化した体調が改善しない。連日マッサージに通う。特に目と腰の痛みが激しい。〈疲れた!!　助けて!!〉という内心の悲鳴が止まらない。

母を引き取ってから、私は血圧も上昇して、主治医から処方され、血圧降下剤も服用するようになってしまった。

5月15日（水）　ケアマネジャーから「施設に医師が来るから一度訪ねてみたら」ということで、母を連れて行くことにした。ところが長時間待たされ、母はだんだん不機嫌に。ようやく面接。座ったとたん、「お名前は」「お年は」など大きな声で矢継ぎ早に質問責めにあい、母はとうとう怒り出してしまった。

母は突然「私の父は立派な医者でした」と顔を真っ赤にして怒りだしたのです。私もビックリしたと同時に、3人の女性（ヘルスステーションで調査員という仕事をしていた方々）もびっくりしていました。

5月21日（火）　昨日一日、母の機嫌すこぶるよし。デイサービスから帰ると晴れやかな顔だった。本日からは、デイサービスを一日増やすことにした。昼過ぎ、入浴をすすめたら、脱衣所まで行って「やっぱり入りたくない」、「帰りたい」と。

「お風呂で温まると腰痛も治りますよ」と新しいヘルパーさんが言うと、「私、どこも悪いところないのよ」と答えたと記入されていました。

家族はこうした様子をヘルパーの連絡ノートによって知ることになるが、しかし、そのノートに記録された文字や文が読みづらく判読不明なケースが多い。ノートは家族の人に本人の様子を知ってもらう「観察報告」であり、大げさに言うならば施設と家庭との大切な「絆」のようなもの。もう少し「丁寧に」「わかりやすく」書く工夫なり、習慣を身に付けてもらえないものなのでしょうか？

5月25日（土）　母の介護による疲れが重なり、動きたくない。動けない。しかし寝ているわけにもいかず、母を家の中に放置しておけないから、結局また外出することになった。いろいろなストレスが内に積り重なると、気位の高い母ですから私の対応が大変になる。

6月1日（土）　母を連れて花の美術館に行く。植物に接すると活気づいて機嫌がよくなる。はずんだ声で「きれいねー」を連発。

6月3日(月)　1週間程前から下着にオリモノが出てきたので婦人科に連れて行く。案の定、母は「なんでこんなところに連れてきたのー」と不機嫌。私は「これは検査なの。私もするから、お母さんもしましょうね」と言って何とか検査を終える。「老人性の萎縮性膣炎」と診断された。でもこれは私のケアの仕方にも問題があった。母の便が出ないので便秘座薬を使ったのだが、しっかり中まで挿入できていなかったため、肛門から出てしまい、雑菌が入って炎症を起こしたことが原因となったのです。

6月6日(木)　デイサービス先から「ブラウスのボタン(結構ボタンが多い)を一人できちんと止めることができました」との連絡があった。これはうれしいこと。ヘルパーさんは職務上、すぐに手を出して処理してしまうケースが多い。そのためにかえって本人のできる機能を取り上げてしまう結果になり、結局「やってくれるんだ」と考え、自分でやらなくなってしまうことになるのです。そうすることで介護がもっと大変になる。母の場合はもともと、自分のことは自分でしなければ気がすまない、身の回りのことは〝キチンとしていたい人〟なのです。母のあだ名は〝きちんとさん〟。できるだけ自分のことは自分でやらせてあげたい。母の使える機能は大切にしてほしい。

6月7日（金）　3月まで母が入居していた老人ホーム担当者を呼び「ホームには戻るつもりがないこと」を伝える。入所当時は健康でケアを必要としなかった父母はホームの生活を喜んだが、しだいにさまざまな不満を口にするようになった。父は老人ホームに入居して3日目に怪我をし、次々と院内感染で体を衰弱させていったが、〝完全看護〟とは名ばかりの施設に思えた。スタッフやサービスの欠如した施設という印象が強く残っている。父は老人ホームで殺されたも同然という怒りさえある。そうした不満を担当者にぶっつけ、「二度と母をホームには戻しません」と伝えた。

6月14日（金）　夜中1時20分、母が突然起きて怒っている。このところ、1週間以上も機嫌も体調もよくない。いきなり怒り出したりして、不穏な状態が続き、食欲もない。日中、来客があったためかもしれないなーと思う。しきりと外に出たがるのでベランダのドアを開けてあげたら、「あー怖い……」と言ってやっと静かになった。その後しばらくするとおだやかな母にもどり、あーよかった。

6月15日（土）　夜、何度も起きてきて、「ありがとね」と私に言う。昼間は不穏であったが。母が私に感謝の意を表すことはよくある。

6月30日（日）　デイサービスのお迎えが来たとき、「お花を見に行くの？」と私に聞く。昨日「お花を見に行きましょう」と言ったのを覚えていた。「外出しましょう」と私がお花見のことを言うと、母は「ごめんなさい。腰が痛いから歩くのが大変なの」。それで結局、昨日は外出しなかった。リクライニングの椅子でテレビを見ながら終日母はうとうとしていた。私は母のことをこんなふうに考えていたのです。

八十八年も生きるということは、やはり疲れるんでしょうねーと。

デイから帰って来た母はとても元気。「何かすることないの?」「ヒマだから……」と人が変わったよう。テレビ番組「さんまのからくりテレビ」を見て屈託なく笑っている。母、夜9時に寝る。昨夜は何度も起きたこともあって私も早々と寝ることにする。


7月2日(火)　デイサービスから帰って来ると、母はよく玄関で「足が疲れた」と言う。その言葉が出ないときはホッとする。そして母の身の回りを点検すると、いろいろ目につくことが多い。今日はレッグウォーマーが肌に直接付けてある。これはズボン下の上に履かせるようお願いしているのに。なぜやってくれないのか?　チクチクして、肌が弱い高齢者はかゆくなってしまう。尿取りパットも付けてない。

夕食時、家の電話が鳴った。すると母が即座に「電話」と言って教えてくれた。こんなこと、母が家に来てから初めてのこと。このところ変化が多い。

7月16日（火）　2、3日前から拒否反応が目立つ。義歯をずうっと付けたままなので、私では無理なため、デイサービス先のヘルパーさんに口の中もきれいにしていただきたいとお願いした。「使い捨ての歯ブラシはパット入れの袋の中に入れてあります」と書いて頼んだところ、「義歯も取り外して洗い、口の中もきれいにすることができました」との連絡を受けて、あーあー、ありがたいことです。

8月2日（金）　夜、10時頃のこと、「何処へも行かないでしょう」と母が言う。そして私に「ありがとう、ありがとう」と感謝の意を表す。きっと、不安になったのでしょう。母のそばにいてやれることが、「ありがたい」と思う。「行きませんよ、大丈夫よ、お母さんといつも一緒よ！」「あーよかった」と母。

8月7日（水）　夜、母が突然起きてきて「お金がない」と言う。初めて聞いた言葉。今までこんなこと言ったことがない。悲しい夢でも見たのでしょうか。しばらくしてまた起きて、「私の家があるんだから家に帰る」と言う。外に出たがるので、「外は、真っ暗だから出られないのよ、あきらめて」と言うと、やがてイビキをかいて眠ってしまった。

8月19日(月)　部屋の模様替えをしたためか、「家に帰らないの」と何度も聞く。「私は帰りたくても、私の家はないし……」と言う母。「私の家がない!!」という言葉は、はじめて聞いた気がする。「ここは私の家だから帰らないのよ」と私。すると母は「じゃあ、私もここにいていいの?」と聞く。「いいのよ、今夜もまた一緒に寝ましょう」と母の顔を覗き込むように見ると、「ああうれしい!」と言って私の頬を両手ではさんだ。

8月23日(金)　突然トイレで怒りだした。理由がよくわからない。そばに近づくと、私の手を叩く。かなり強い力で痛い。私も母を叱る。その手を止めようとしてつかむ。そうやって2時間位は、二人の〝たたかい〟が続いたけれど、突然態度が変わって「二人で一緒に寝てね」と言う。「二人でよ」と何回も繰り返す。父が「僕、お母さんに叩かれたんだよ」などと言っていたことを思い出す。気の強い母のことだから、そんなことは日常茶飯事だった、ということを思い出す。

8月24日（土）　朝食後、大変ご機嫌、突然様子が変わり、「どこにも行かない」を言う。無理矢理デイサービスに行ってもらう。帰宅後の顔は落ち着いているので一安心。トイレ介助の際、ウォシュレットを嫌がり、すべて自分でしようとする。あっそうだ。私が洗うことにしよう。水石けんを使い、ちょうど良い洗う物があったなーと思い出した。

9月4日（水）　トイレ介助後、手を洗っているとき、「私には洋子ちゃんがいろいろと全部やってくれるからうれしい」と言う。

夕食がそろそろ終わりかけた頃、母が義歯を取り出したので、私はすぐ手を出して「洗いましょう」と言うと、突然怒り出して私の手をたたいた。（これは私の入れ歯なの）ということなのです。その後はソファーでしばらく横になって寝ていたが、態度が一変して私に向かって「ありがとうね」と。

9月7日（土）（※9月7日からは「介護ダイアリー」のノートに変更しました。このノートはどなたかにいただいたものです。施設ではヘルパーさんに母の様子を記載していただき、私は自宅での母の様子を書いて知っていただくのに大変役立ちました。）

デイサービス先から――「昼食はとても落ち着いていて、隣の利用者さんにいろいろと教えてもらったみたいでおだやかに過ごしています。昼食後、排尿あり。また帰る頃に誘ってみます。入浴も気持ちよく入っています。」と母の様子が記入されていました。（食事、レクリエーション、入浴、排尿（時間が記されています）血圧108／53、体温36・2度。脈拍66拍など。

ずっと前から朝起きると母は、「腰が痛い」「体が痒《かゆ》い」を訴えます。そんなとき「体が痒いのは汗をかいたからよ。今日はお風呂に入りましょうね」「腰が痛いのは、ずっと寝ていたからよ。動くと治るし、お風呂で温まると治るのよ」と言います。

朝から何度も同じことを言いますから、私も何度も同じことを言います。母は言葉遣いにうるさい人でしたから私もていねいに話をします。（これはヘルパーさんも驚いていました）

9月10日（火）　デイサービス先から——本日入浴はスムーズに出来ています。午前中は帰宅願望が強く出ていました。午後は敬老週間でもあり、カラオケ大会で盛り上がり、落ち着いていました。

私からの返事——母の帰宅願望はどこに行っても「帰りましょう」が出ます。これは母特有の言葉かもしれません。私は必ず「まだ帰らないのよ」と言っています。昔から外出・旅行に行っても帰りましょうの言葉がすぐ出ていました。家が一番いいのでしょう。

9月12日（木）　デイサービス先から——「昼食後、帰宅願望が見られましたが、他はおだやかに過ごされました。写真を撮る際、ご希望によりお化粧をさせて頂きました。写真を撮った後の笑顔がとても素敵です。ぜひ見せて差し上げたいと思いました。（この写真は母の遺影に使い大変きれいな母になっていました。今も家に飾ってあります）。

右第一趾には巻爪による発赤あり。お大事になさってください。入浴後の紙パットの替えがありませんでしたのでこちらものをお貸ししました。次回ご返却ください。帰宅される前にご持参のシート付紙パットに替えています。」

9月13日（金）「お父さんが家に一人でいるから帰る！」と何度も言う。

この頃では母の靴下やタオル類すべて母にたたんでもらっている。私に「いつでも一生懸命やってくれるからありがたい」と言っては、「手伝いますよ」と手伝ってくれる。そう言われると、たたみ方はそのつど毎回教えなくてはならず手間がかかるが、母の気持ちは大切にしたい。「介護は根気」とつくづく思う。

9月28日（土）デイサービスのお迎えの際、ヘルパーさんはいろいろな言葉をかけてくれます。ところがその内容が母の気持ちを荒立ててしまうこともある。

たとえば「お風呂に入りましょうね。髪の毛をシャンプーしましょうね」という言葉。しかし、母の場合は「シャンプーは美容院でする」と、昔からの習慣。ヘルパーさんは余計なことを言い過ぎると、少し問題になったこともあった。長い年月をどのように過ごしてきたのか、人それぞれ違うのに誰でも同じような声掛けをする、それは間違いなのでは？　人は一人ひとり違う。そうした個々の思い思いの人生を無視して言葉をかけても効果があるかどうか。一人ひとりの感情をくみとった上での言葉でなくては「逆効果」を生んでしまうことがあると思うのです。母は自宅で自分で髪を洗ったことがないのです。

9月30日（月）　食事の途中、いつものくせで母はまた義歯を取り出そうとしたので、「洗いましょう」と手を出すと「取ったことないのよ」と嫌がる。素直に従うときもあれば抵抗するときもある。今日は私が外そうとしたら、「取れないの！」と言って指をかまれた。そのとき、母の前歯が折れた。その後でトイレ介助の際、「やってくれるの?」、「すまないわねえ」と様子が変わる。

10月5日(土)　母はなぜか不機嫌。気に入らないと薬を口から吐き出す。粉薬だから後片付けが大変。聞いたこともない悪たれ口をきく。そして数時間もたつとけろりとして、様子が変わる。寝るときには腹を立てたことさえ忘れて、「一緒に寝ましょう」と子どものように甘えてくる。私が「まだ用事があるの」というと、「じゃあ、一緒にやりましょう」と。

10月10日(木)　デイサービスから帰って来たとき、腰が痛いと腰を丸めて帰って来た。母は座骨神経痛が出るので冷やさないで欲しいと伝えてあるのですが、アーアー。救急車で病院に行き、いつものドクターに注射と坐薬を。

10月13日(日)　夕方、母が台所に来て「私が洗ってあげる」と。時間がかかり面倒になるが、母はそれが手助けになると信じて一生懸命に手伝おうとする。しかし、半分くらい洗うともう続かなくなる。「やっぱりだめね、わたしは……」。でも母の感謝の気持ちは私にはよく伝わって来る……。

10月16日（水）　朝起きると「何かお手伝いする」と言ってきた。母は恐縮して何度も「すみませんねー」を口にする。着替えも自分でやっている。

しかし、デイサービス先からの連絡では、一日機嫌が悪く、表情もきつい。「帰るから……」と入浴を拒み、強い口調で周囲の言うことを否定したとのこと。

食事中に、突然母の手が出てきて、私のメガネが飛んだ。このところ、また少し怒りっぽくなっている。母は「何故自由な生活が出来ないの？」と、考えているのでしょう。

11月4日（月）　ショートステイのお迎えに行く。私の姿を見つけた母の顔がパッと明るくなった。あっ迎えに来てくれたんだーと。――帰りの車の中で、ハリーベラフォンテの「ダニーボーイ」が流れ出すと母が口ずさみ出し、私も一緒に歌った。

車から降りる際もすんなりと出て、母のご機嫌はその日の夜寝るまで続いた。私を困らせる言動は一つもなかった。

11月17日（日）　母の口ぐせ「家へ帰る」の言葉が何度も出てくる。デイサービスから帰ったときも何となく沈みがちで、言葉が少ない。食欲もない。「家へ帰る」はその後も、途切れることなく繰り返される。

11月22日（金）　夜には、「家に帰りましょう。出かけないの？」と何度も聞いてくる「どうやって帰るの？」。私が返事をしないとそれで終わりになる。

12月6日（金）　兄が来たが、母は判別できず、だれかもわからない。説明をすると、自分の兄弟と勘違いする。そして私を見て「洋子はどこにいったの？」と聞く。時々頭が混乱してしまう。

12月13日（金）　母がしばらく口にしなかった「家へ帰る」を久しぶりに言い出した。「洋子がいるから、家へ帰る」と言う。「私が、洋子よ」と応えると、「もう一人いるのよ」と母。「ここは私の家だから、洋子ちゃんはどこへも行かないし、帰らないの」と言うと、「私も一緒にいていいの？　それじゃ、そうさせて」。そしてしばらくすると、「洋子の家に帰る」が始まる。

12月16日（月）　母とディズニーランドへ行く。盛大な行進に接して、その迫力に打たれたのか「こんなすごいの、よく作ったわねー」と感心しきり。懸命に見ている。夜はアンバサダーホテルに宿泊。翌日またパレードを見ることに。母の顔がすっかり変わり、うれしそう。

平成15年――「ずっとここにいていいの?」

1月1日(水)　午後7時半頃から、母定番の腕組みが久しぶりに見られた。老人ホームでも良く見られた姿であり。これは、人を受け入れない、「私はいやだ!」という意思表示。夜も一度寝てしまうとふだんは目を覚ますことはないのに、起きてきてうずくまっている。どうしたんでしょうか?

1月14日(火)　母、熱が出る。39・8度。汗をかき2回取替え。布団もびっしょり。夜熱が下がる。昨日は不穏で一日中「もういやだ」とつぶやいていた。私もいやだ!!　と

1月15日(水)　痰が出て熱なし。食欲旺盛、元気。相変わらず意味不明の訳のわ

からない言葉を発し続け、ずっと寝ないで騒いでいる。

1月21日（火）　せっかく洋服に着替えたのにすぐまた眠ってしまう。朝食はようやく12時30分、寿司3個、みそ汁、ジュース。午後は二人で〝風船バレー〟をする。すごく元気。母は昔から運動神経バツグンの人。75歳くらいまで父とボーリングをやっていた。夕食はすっかりきれいに食べ、パーフェクトでした。

2月11日（火）「今日は洋子ちゃんのお誕生日よ」と母に教えたら、「そう、おめでとう」と言った。その後デイサービスに行く前に「今日は何の日ですか？」とまた聞くと、「あんたの誕生日」。私が教えてから1時間以上は経過していると思うが、記憶している。

2月15日（土）　順天堂大学の脳の画像診断検査の結果、脳萎縮が進み、脳梗塞の多発が確認される。そのため広範囲の神経細胞の死滅が見られ、年齢を重ねていくと頭の中は当然変化が多いとも言われた。年齢からみて仕方がないということでした。

3月11日（火）　朝起きて、フラフラとしてカーテンにつかまるように倒れて手首を傷めた。アッという間に手首がはれてきたので、冷凍庫に入っているアイスノンベルトを手首に巻き、ネットで押さえ病院に行く。応急手当が非常によいと医師からほめられ、「年齢が年齢ですから入院しましょう」と言われる。

入院するほどではないと思ったが、自宅に戻って寝間着など必要なものを持参しまた病院に戻った。病室のベッドはものすごく高い。これはナースがオムツを取替えやすいように高くしてあるという。夕食は私が食べさせようとしたが、母はベッドに座れない。ずるずるとすべってベッドに寝てしまう。私は連れて帰りたいが、そうはいかない。母は何も食べない。

3月12日（水）　病院に行き、母の様子を診てもらい「先生、退院します」「いやいや高齢だから。もう2、3日、入院していてもよいですよ」「いいえ大丈夫です。私が家で湿布薬の取替えなど出来ますから」と、一晩で退院することにした。

案の定、入院して環境が変わったため、母にやっと教え込んだ「おしっこしたいの」が一晩で言えなくなってしまった。病院の看護師の態度もよい感じがしなかったので不満が残る。一応手首にギブスをした。そんな必要はないと思うのだが。

3月24日(月) 来客があった。その人が帰った後で、母の状態が悪くなる。家に人が訪ねて来ると、必ずいつも母が変わる。そして、私の後をついて歩いて、「一緒にいてね」と言う。背が高く、髪が短く、男か女か不明という感じ。

4月21日(月) 今日から24日までショートステイ。デイサービスから帰ってきたときもそうだが、首が左右どちらかに倒れる。椅子が合わないため。体型が変わるときもある。小さな体に大き目の椅子の場合、どちらかに倒れてしまう。

ショートステイのときには、椅子の内側(脇)に置いてもらうように枕を持参。

むくみも出ることがある。足を下に下ろしている時間が長かったり、うっかりレッグウォーマーを着けなかったり、夏で暑いからと取り外してしまうヘルパーもいる。じっと座っている年寄りたちはそれほど暑さは感じていないのです。母は他の人より寒がりなのです。おしりの裂傷がなかなか治らない。ショートステイ先やデイサービスに行くとやはり疲れるのか、帰ってくると「疲れた」「寝かせて」等を連発する。そして「ごめんなさいね。こんなに面倒をかけて」と言葉に出すことも多い。

5月11日(日)　私の長男一家来家。母は家族ということはわかるのです。帰るときになると例によって口ぐせの「私も帰る」。翌日の朝は「家にいてもいいの？」「ずっといていいのよ。」「そうさせて」。これらの会話は挨拶か合言葉の感じで自然に交わしているが、「家に帰る。ひとりで淋しい」と言われるのは私もつらい。

5月25日(日)　私、激痛で病院に。「逆流性食道炎」と診断された。

5月30日（金）　私は少しずつ、朝起きるときに、体が思うように動かない。腰の痛みがひどい。母はケアマネに頼み、デイサービスにお願いする。私は救急車で病院に。一時帰宅となったものの、その後も痛みが頻発し、歩行困難で杖を使うことになった。病名は「腰部脊柱菅狭窄症、第四腰椎変性すべり症」と診断された。

6月3日（火）　私が入院することになり、母はショートステイにお願いをした。

6月9日（月）　退院。家の玄関先でショートステイから帰った母を迎えると、私を見て不思議そうな顔をした。「お帰りなさい」と声かけをしたら、笑みを浮かべたがすぐに消えた。母を部屋に引き入れ椅子に座らせると玄関の方ばかり気にして見ている。静かでおとなしい。

夕方、6時過ぎ頃になったとき、母が突然口を開いた。「出かけましょうよ」「どこにも行かないのよ」「そうなの。出かけるんでしょう」「ううん。行かないの。ここにいるのよ」これで終わり。母の中に私と一緒の生活の感覚がよみがえってきた。

10日間のショートステイは長過ぎて母には可哀想だったが、体の痛みで私の動きがとれず、仕方がなかった。

「テレビを見ますか？　音楽を聞きますか？」と聞くと、「音楽がいい」と言う。母の大好きなフランク永井のテープをかけると、うれしそうに静かに聞いている。

6月19日（木）　デイサービス先から――「お茶はぬるいのがよい、湿布はいやなどすべてはっきり自己主張している、日中は歌を口ずさんだりして機嫌がよく前向き」に過ごしていたとのこと。

6月21日（土）　母が「料理をする」と言うので、ガスから「ＩＨクッキングヒーター」に取り替えた。

今日から私が考えた介護ノートに変えた。1頁目には母の氏名・生年月日・住所・ＴＥＬおよび携帯電話番号・母の血液型・服用薬（説明付き）・主治医・救急の際の病院名他、体に関する注意事項等を記入した。母のきらいな食べ物他、例えば「大きな声」など、さまざまなことを書いておいた。次頁左欄には私からのメッセージ、お願い等、右欄には記入しやすいように施設先のワーカーさんに記入してもらう。

7月6日（日）　母は私のことばかり気遣っている。「ごめんなさいね」とか、「よく働いてくれるのね」など。私の足の痛みが悪化し、足をひきずっているからだろうか。……一年前の7月、老人ホームに一人残されていた母が書いた短冊のことを思い出した。そこにはきちんとしたきれいな字で＜今年一年健康で過ごせますように＞と書かれていた。担当のヘルパーさんからそのときの短冊と写真をいただいたのだが、写真の中の母はきちんと背筋を伸ばし筆を持っている。母は昔、ＮＨＫの通信講座で師範の免状を取得している。

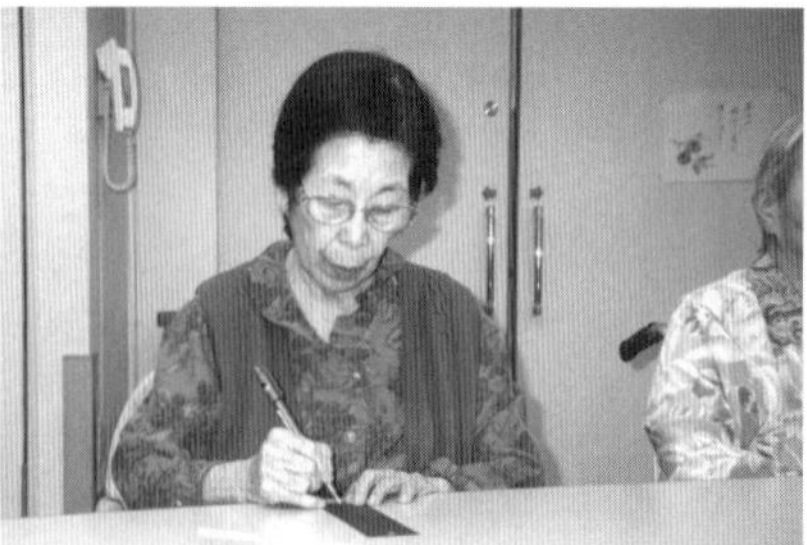

7月27日（日）　朝、着替えをした後で、突然私をにらみつけてきた。恐ろしい目になったので鳥肌が立った。気分転換にブラウスを着せようとすると、乱暴に受け取って手首のボタンを止めてくれという態度。止めてあげたら、少し気分が治ったらしくいつもの母になった。なぜか私、捻挫してしまった。

7月29日（火）　私が杖を探していたら、私の体を気遣って「洋子ちゃん」と飛んできた。

7月31日（木）　「飲むヨーグルト」を渡そうとしたら、「これは朝飲んだからいらない」と言われた。よく憶えている。驚いた。

8月1日（金）　介護認定の調査員が来家した後で、「変な人が私たちをどこかに連れて行こうとしているから気をつけて！」。不安におびえている表情。その後は「家に帰りたい！」と何度も繰り返し、部屋と玄関の間を行き来する。自分で鍵を開けようとしたがロックされているので「開かない」と言ってあきらめた。調査員の女性は黒っぽい服を着ていて背も高い。母は男か女か変な人と思ったらしい。

8月3日（日）　今日は何とも言えずおだやか。静かな母との普通の暮らし。私の心も落ち着いてくる。母が食事の前に「ずうずうしくここにいて、ごちそうになったりして申し訳ない」と話す。

8月8日（金）　一日中家の中で一緒。そばにいないと不安なのでしょう。玄関から出ようとしたり、家の中をウロウロ。私のところに来て、一緒にソファーに座ったら、少しずつ安心してきたらしい。私のことを「お母さん」と言って体を付けてきた。

8月22日（金）　ホテル・ニューオータニに泊まる。一緒のベッドで寝る。就寝前、突然母が怒り出す。私にはわからない。でも、着替えを手伝ってあげて「はい、大丈夫ですよ」と言ったら気をとりなおして、やさしい母に戻った。

8月31日（日）　記録帳の裏表紙にバレリーナの写真が貼ってある。「この方はだれですか？」とヘルパーさんが母に聞いたら、「私の娘、洋子よ」と答えたと報告あり。

9月2日（火）　私の腰痛悪化。下肢の痛みがひどくなってきた。ブロック注射をする。

9月5日（金）　私の脚の痛みがひどくなり、家で母の面倒を見ることができないため、マンハッタンホテルに宿泊。痛みのため、日誌を記録することもできず、この時期は簡単なメモしかとれなかった。

7日、脚の激痛がさらに悪化。12日、母が一日家にいる。脚の痛みが強まる。15日、ホテル宿泊。激痛が続いている。17日、整骨院、マッサージに通うが痛みは改善しない。24日、私は背中までの痛みに苦しむ。25日、浦安でブライトンホテル宿泊。26日、順天堂大学浦安病院。順大の教授の紹介で私の治療を始める。

10月1日(水) 母は口ぐせの「家に帰る」の言葉がなく、私の動きを目で追っている。という次第で、私は脚や背中にかけての激痛との闘いで、母の面倒さえもままならなかった。しかし、私の健康状態を察してか、母はこのひと月ほどは気持ちの上でも大人しくし静かに過ごしてくれた。

10月7日(火) 母は「どこにも行かないで……」と涙があふれた目で私を見ている。母は私を、〈母親〉のように慕っている。デイサービスを休む。

10月10日(金) 母は疲れているのか、車から出たがらなかったが、あきらめて降りる。母を見ていて感じたことは、〈正直な人だなあ〉と思う。ショートステイから帰って疲れが残っているときは、洋服の脱着もだめ、自分から脱ごうとしない。食欲もなくなり、薬の拒否もある。義歯を取るときもごねる。母の調子が悪くなると、私まで「あーあ……」とふさぎこんでしまう。〝我慢、我慢〟と自分に言い聞かして、母の世話に向かう。母が「いい顔」をしているときはうれしくなり、足をひきずっているときでも家の仕事がさほど苦にはならない。

10月11日(土)　朝、デイサービスを休み「酒々井に行きましょう」と言っても母は「私は行かない」と言って起きない。「誰にも会いたくないの」と言う。

「汗かいたから体ふきましょう」「いいの」「洋子ちゃんはおなかすいたからお母さんと一緒に食べましょう」「自分で作って食べなさい」「一緒に食べたいの」「ここに寝ていたいの」「いままで寝ていたのよ」「ううん、寝てないの。寝かせて」とまた布団にもぐってしまった。

私と母の会話、あるいは儀式のようなもの。

10月12日(日)　私が「脚が痛い」と言ったら「私がお茶碗洗うからもう寝なさい」と言った。

10月14日(火)「あなたが私のそばにいてくれて、本当によかった……」

この言葉を最近では1日1回くらい母から言われるようになった。

10月21日(火) 朝、母が「一生懸命お仕事して、忙しくて大変なのね」と涙ぐむ。デイサービスから帰って来て連絡ノートを開くと、巻き爪のため「足の爪を切らないでください」と書いたにもかかわらず、「足の爪を切りました」と記されている。なぜこんなことを。巻き爪は切ってはいけない、と再三注意しているのに……。

10月22日(水) 私の体も極限に来ているのかもしれない。ビッコをひいてつらそうにしていると、母は心配そうに見ている。「腰が痛い」と悲鳴を上げると、「どこ?」と言って腰を叩いてくれる。夕食後、母が「そっちに行ってお茶碗洗ってあげる」と言って台所にきて手伝ってくれた。さらに「何もしないでここに座っていなさい」と。

10月25日（土）　今日から11月3日（月）まで伊豆高原にある施設に体験入居することに。新聞に広告が出ていたので、申し込んでみた。行きは長男家族と行き、体験入居をしてみたが、ここは健常者が多く、老夫婦で入居している。母は着いても車から降りない。部屋に入った後、疲れたためか、顔がきびしくなり、オナラをすると便が出てしまった。しかしこの介護施設は気に行ったようだ。「ここはいい所ね」と。建物は個室で住みやすいが、食事が健常者用であり、母向きのものが少なく、私は少しがっかりした。やはり、わが家で母を納得いくまで介護の世話をすることが最上のケアと痛感した。

11月4日（火）　デイサービス先で、母は酢の物料理を口から出してしまったという。母は酸味が苦手でみかんも甘くないと食べない。ネバネバやヌルヌルしたものなども苦手。このことは持参している介護ノートに書いてあるのに!!

母の食事で思い出した。まだ健常な頃、実家で、母が白いご飯にシラス干だけで食事をしていたので、「こんな食事でいいの?」と聞くと、「うん、いいの。私はシラス干が大好きだから」と言うことだった。そういえば、私たち家族が母の実家（祖父の家）に疎開していたとき、祖父の黒塗りの御膳にはいつもシラス干がのっていた。その頃はシラス干は高級な食べ物の一つだった。

11月11日（火）　7日から10日までショートステイ。ショートステイでカイロが腰より下に落ちたため低温やけどをし、水泡ができてしまった。そこで考えて、ズボンに袋を取り付け、その袋の中にカイロを入れることにした。

11月14日（金）　鴨川に有料老人ホームがあるので一度母を連れて行ってみようかなと連絡したら、先方で母の様子を見に来た。私が自分の治療で1週間に1度、浦安まで通院しなければならないため、母をその施設に入居させようと思った。

11月17日（月）　16日の帰宅後、リクライニングの椅子に座っていたが、私が洗濯物の山を片付けているのを見て母が手伝い始めた。私が母のために何かすると「ありがとう」を言う。家まで送ってくれたヘルパーさんのことが気になるのか、「どうしたの？」と聞く。「帰ったのよ」「どうして？　家に上がらないの？」。母の気持ちは、自分を無事送り届けてくれたのだから、家に上がってもらい休んでいけばよいのに、ということなのでしょう。

11月28日（金）　私が手術するために自己血を採る日。しかしある医師の言葉を思い出し、キャンセルした。「野口さん、絶対に手術をしてはいけませんよ」と言われたので。

12月1日（月）　朝、尿取りパットを自分ではずし、パジャマのズボンを脱いで下半身丸出し。リクライニングの椅子に座っていた。どうやって座ったのか？　レッグウォーマーは食卓の椅子、ズボンはリクライニングの肘掛にかけてある。真っ暗な中で、どうやったのだろう。そこら辺に置くことはせず、きちんと衣服をかけてある。尿取りパットに多量の尿をしていた。そのため気持ちが悪く自分ではずしたらしい。パットは布団の傍に置いてあった。とにかく、母の性格が出ていた。今日は一日自宅で過ごす。何を言っても「うん。うん」。2、3週間前から、帰宅後の顔に笑顔なし。このところ、妹が母を訪れている。

12月5日（金）　妹がショートステイ先の母を訪問。

12月10日（水）　妹が母を訪れた、と報告有り。母の顔がきつくなり私も恐ろしくなってきた。妹は母の傍にぴったりと付いて「私は娘なのよ」と何度も何度も繰り返す。家に帰ってくると母は「変な人が、私、娘なのよ、と寄って来て、気持ちが悪いの」と半泣きになる。一度布団に入ったが、そのうちに掛け布団の上に寝ていた。私に「隣にいてね」と。手をつないであげる。

母の体が左に傾いてしまった。さぁ大変、カイロで治さないと。またショートステイで大きな椅子に座っていたんだなー。

12月11日(木)　夕方、母が突然、「私うるさいでしょ」と言う。「どうして?」と私が聞くと、「洋子ちゃんが大好きなの。ここにいていいの?」と聞く。「いいのよ」「あーよかった」で、終わり。

12月14日(日)　ショートステイ先への連絡事項――「昨日お電話でお願いした私の妹の件ですが、実の母親を精神鑑定にかけ禁治産者にしてしまいました。母に突然会いに来て(私には何も言って来ませんし、私の自宅にも一度も来たことがありません)悪いことばかり、こんこんと言い含めて、母の精神状態に悪影響を及ぼしています。このような事態を避け、繰り返さぬよう、妹が母に会いに来ましたら、絶対に二人だけという状態にはしないようお願いします。何かありましたらすぐ携帯に連絡をお願いします。母を迎えに参ります。

12月17日(水)　ショートステイ先への連絡事項――入浴お願いします。

昨日兄が一年か一年半ぶりに母を訪ねてきました、兄のことが判然とせず、母の兄によく似ているのと、自分の息子ということは納得できず、不思議な顔をしていた。

12月21日（日）　私の体の痛みがひどい!!　母は目がさめてサッと起き、食事も早くすませ、その間私のことをずーっと見て「よく働くわね」と言う。洗濯物を干して部屋に入ったら、母は椅子から離れ「お母さんウンチが出るの?」と言うので、「そうなの」と言うともう尿取りにしてあった。便をしてしまったことが申し訳ない、という顔をしている。私がそばにいなかったためもあり、パットにしてしまったのだ。私が傍にいたら「トイレに行きたい」と言えたのに……。デイサービスのお迎えが来たときは、風がとても冷たいのに「わー寒い」の声を出さず出発した。母の背中に「すみません」の言葉が出ていた。

12月22日（月）　私が注射治療をするために、母は鴨川にある老人ホームに入所することになる。

12月31日(水)　この老人ホームも設備やスタッフの対応がよいとは思えない。母は「うすいオリモノがある」との報告。困った。

平成16年——私の体の痛みが強くなって来ている

1月1日（木）　鴨川有料老人ホームにて洗浄と清拭。ところが満足な実施がされず、失望した。この施設も〝営利目的〟であり、老人ホームの必要な役割・業務が行われていない。入居して何日目か、食堂の床で一人の男性が足を滑らせた。そばにいた私はあわてて男性の体を支え、転倒を防ぎはしたものの、周囲にはヘルパーや他の専門スタッフの影すらなかった。無人のホールで、打ちどころが悪く意識を失っていたら……私の父のように、出血状態のまま放置されるのか。そう考えると恐ろしい。

1月8日（木）　母「家に帰りたい」を言う。

1月15日（木）　母を連れて帰りたいのだが、私の治療があるので仕方がない。母は夜中3回の排尿、2時間おきに起こされる。そのため私は朝食も取らずリクライニングの椅子に寝ている。エンシュアで薬を飲む。施設の不備に母のいらいらが高じて、朝の着替えの際、「もう死んだほうが……」などと言う。

1月17日（土）　自宅に帰って来たとき、鴨川の職員の不注意で母、マンション下で転倒。

1月20日（火）　私は整形外科受診、首の骨に「異常あり」という結果。左腕が痛む。首のところ、カイロで温めることにする。昔の自動車事故の後遺症

1月25日（日）　私の体調は悪化一方で、どうしたらよいのか、痛みとたたかう毎日。母は入浴拒否。

1月27日（火）　母はデイサービスで「食事がおいしい」と食べ、同じテーブルの人とたくさん話をし、快活な笑顔を浮かべていたとの報告あり。こんなこと、初めて。鴨川に行った反動かも。

2月4日（水）　母は私を見て、それとなく様子がわかるらしい。トイレ介助などで私に叱られても、怒らなくなった。「どうもありがとう」と神妙。食事のときに食べ物をいじりもてあそび始めたとき、私が怒っても母は怒らない。以前とは全然違う。私がつらそうにしていることを理解している。「家に帰る」の言葉さえ出なくなった。

2月6日（金）　私の足の痛みが限度を越え、歩けなくなった。動けないため、世話のかかる母を怒ってしまったが、母は反抗的態度をとらなくなった。本当に変わったと思う。

2月13日（金）　私は眼精疲労がひどく目を開けていられないほど。目をタオルで温めていたら、母が傍に来て私の手を引いて座らせてくれた。とにかく心配してくれている。母は自分で洋服の脱ぎ着をしている。

2月16日（月）　午前4時頃に「おしっこは？」と起こしたが起きない。何度か起こしたがだめで、とうとう尿取りはビッショリ、布団まで濡らしてしまう。

無理やり起こせば怒りだすので仕方がない。腰痛をこらえてふとんをすべて干すことになった。父の後悔から母を看ているが、自分の体がこれほど悪いとさすがにつらい。母を叱ることも多くなるが、母のほうでは以前のように怒らなくなった。

2月18日（水）　私は介護保険制度の「要支援」に該当し、福祉サービス用のベッドを借りている。立派なものでマットも付いている。しかし、昔は寝るときに厚い堅い板を布団の下に敷いていたことを思い出し、家具センターでマットなしのベッドを購入してきた。そこへさらに1㎝1㎜の厚さのベニヤ板を買ってベッドを堅くし、その上から布団を敷くことにした(その板がないとベッドの既存の板だけでは弱いので)。そうした工夫により、体の痛みが少しずつやわらいだような気がする。勿論フトンも薄いものにした。

2月22日(日) 私は昼間は胸が極度に苦しくなり、夜は足が痛む。

このところ妹が施設に顔を出しているため、母はデイサービスに行くことを嫌がるようになった。妹は昔から父に「お姉さんは怖いから」といって、私のところへは決して来ない。顔を合わせるとすうーっといなくなる。だからデイサービス先を訪ねるが、母の方では入浴拒否などの抵抗を増すばかりだ。家の中でも母の顔色が突然きつく変わったり、家の中をウロウロしてどこかへ出ようとしたり、不穏状態が続いている。夜中起き出して布団の上に座り、何か聞いても答えない時もある。

2月28日(土)　母の状態が変わりやすい。朝、だめ↓よし↓だめ↓よしと忙しい。ダイエーに買い物に行くと、いきなり車いすから降りて歩くと言う。
　母の表情がきつくなっているので、他人の手を借りて何とか車いすに座らせる。

2月29日(日)　尿取りに2回したので、取り変えると母自身が「しょうがないねー」と。相変わらず不穏続きで、なかなか起きてくれず、不明なことを口走り、家中をウロウロし、怖い顔で薬は拒否。私が怒ると少しおとなしくなった。その後、母の好きな音楽を聞かせるとかなり落ち着きを取り戻す。家事をしていると「私も手伝いたい」と言う。うどんを作るとよく食べてくれた。いつもの椅子でお気に入りのフランク永井の歌に聞き入り、目を閉じてすやすや……。(お母さん、これが「音楽療法なのよ」と私、独り言を)

3月2日(火)　一日家で過ごす。今朝早く無理やり起こしたが排尿なし。朝7時頃、母は自分で起きてきて排尿した。私のそばにきて突然「いつもありがとうね……」

と言うので、気分がやわらぐ。主治医からは「あなたが傍にいてやらないと、お母さんの精神安定が保たれなくなる。絶対に離れてはいけませんよ」と言われた。「それが最高の介護ですよ」と念を押されたばかり。夕方六時頃、トイレ介助の際、母が混乱して言う。「……もう泣きたくなっちゃう。何だか娘とかいうのが寄って来て」。それは妹のこと。

母、ショートステイ。その間に警察病院で硬膜外ブロック注射。

これは尾骶骨《びていこつ》に副腎皮質ホルモンと麻酔薬を注射し、痛みを緩和させるもの。根本的治療とはならないが、母の介護で時間的余裕がないため、こうするしかない。

3月8日(月)　ショートステイから戻ると問題山積。整理すると体が左側に傾き危険。下着を取り替えていない。着たものと着ていないものが一緒の袋に入っている。セーターの前と後ろが反対。髪にヘヤークリームを付け過ぎ(母が嫌がる)、反対側に分けてある。

午後3時前に帰宅しコンコンと眠り込んだ。リクライニングの椅子にカイロを置いて、首・肩と温め、首の曲がり、背中の曲がりを治す。夕方5時に排尿、またすぐ眠って、目が覚めたのは6時過ぎ。

ショートステイから戻ったら、お尻の裂傷がひどくなっていた、という場合が起きてくる。集団で看てもらえば〝見落とし〟が出てくる。それは結局、各家庭でチェックしていくしかない。でも情けない。何のためにお願いしたの？

3月17日（水）　デイサービスから帰宅後、冗談やオモシロイことをしたり「寝っころがりたい」を3回～4回くらいしている。夜は尿取りはきれいでなし。

3月18日（木）　26日（金）まで「家に帰ろう」が毎日出ていた。26日は「オシッコ」と起き、さらに「本当によくやってくれるわねー」と。

3月27日（土）　長男家族とデイサービス先に迎えに行く。しかしよくわからないらしく、にこりともしない。長男の子（ひ孫）になぜか怒った。たぶん疲れていたのだろう。

4月5日(月) 訪問看護の看護師さんからフィルムのことを教えてもらう。私の眼精疲労は激しい。今日もめまいが続く。母は私の手をひいて「悪いねー」といたわってくれるが、4日に妹が来たためか、夜になると落ち着かず、尿取りに尿をしてしまう。

4月10日(土) 一日中機嫌がよい日。朝の排便、排尿はスムース。午後、デイサービス先に迎えに行くと、「お迎えが来ましたよー」というスタッフの声と同時に、コートを着ている途中で歩き出した。母の好きなバラ園と桜の咲く公園を〝ハシゴ〟散策。疲れてきたので「もう帰りましょう」と言うとうなづいて、車から降りるときも素直だった。

4月14日(水) デイサービス先で「得意なもの、なあーに?」と聞かれて、母は「私はいねむり」と答えたとか。まわりにいた人たちはみんな大笑いをしたと。報告を聞いたときはおかしくて、疲れがフッ飛ぶのを感じた。母は冗談を言って人を笑わせる。こんなこと、昔はあったなーと。

4月17日（土）　母は昨日から歯茎が腫れ、近くの歯科医に行く。

4月18日（日）　長男家族と公園散策。3時間程。帰宅後、リクライニングの椅子で熟睡。母を起こすがびくっともしない。長男に電話、「すぐ来て」と、母は救急車で病院に。「一過性脳虚血発作」と診断される。帰宅後は落ち着いて元気を回復。原因は「疲れ」との事。

4月20日（火）　歯科大受診。

4月27日（火）　母、抜歯当日。麻酔が弱いため腕を抑えたりして大騒ぎ。終了後、母の「腹へったー」で皆、大笑い。その後「オシッコ」でまた大笑いとなったが、母の言葉は意識してわざと言ったのか？　こんなことは、昔よくあったから……。とにかくホッとする。

4月28日（水）　歯科大、術後良好。

5月8日（土）　ときどき訳もなく怒りだす。心中深く蓄積されたストレスの故か。歯科の帰り道、バラ園を歩く。晴れやかな顔、声。しかし、家に戻ると夕方には10分おきに「家に帰る」と言い出す。そしてウロウロしはじめる。食欲はなく、水分もあまりとらない。私が洗濯ものをたたむと、そばに来て「悪いから、わたしもたたむ」と手伝い始める。

5月12日（水）　デイサービス先からの報告――体全体を使った風船バレーボール

に参加した話。前のほうを守ってよく返していた。右手、左手と風船に合わせて手が出ていたとか。もっとも、母は体を動かすことが大好きなのです。
帰宅後は「家に帰る」はなし。家の中をウロウロ歩き回り、ホットカーペットの上で「寝たい」と言った。〝洋服を着たままベッドに入ってはいけない〟ことはしっかり頭に入っているので、ベッドには入らないがカーペットで寝たいときは必ず聞く。夜の食事はまあまあ〝食べて、飲んで〟くれた。

5月31日（月）　ショートステイから帰って来た。今回は初めての施設だった。母は帰ってきて、なぜかご機嫌。心配なさそうでホッとする。連絡ノートの報告内容も良好。
母が元気に支障なく生活をしてくれると、これだけでも介護の負担は大幅に軽減する。母の笑顔で私の体の痛みも救われる。

6月4日（金）　私の娘が入院。娘と母とで忙しくなり、そのせいか腰と脚に痛みが出た。ついつい「痛い、痛い」と顔をゆがめると、母はご機嫌斜めになった。かまってやる暇がないせいだけど、動けないのだから仕方がない。

6月12日(土)　母の気まぐれに振り回され、疲労の色が濃い私が気分を害したところ、泣きながら私に抱きついてきて、「大好き……」「かわいい……」「他の人はぜんぶ嫌い……」。まるで子どものよう。

6月16日(水)　6月14日(月)から16日までショートステイ。母はショートステイ先ではあまりよい状態ではなかったよう。ショートステイから戻ってきた母はいつもの不穏な状態になった。怖い顔で家の中を用もなくウロウロしている。言葉づかいもふだんと違い、とても乱暴になる。アーアー……。

6月18日(金)　母が帰宅。玄関から家の中に入らない。「家に帰る」、そして家の中をウロウロ。何か言うとすぐ怒り出すが、私がこんこんと言い聞かせると大人しくなった。

6月25日(金)　私の体調悪化、警察病院に行く。毎週金曜日。

6月29日(火)　歯科大で母が抜歯。これで義歯とのかみ合わせがますます悪くなるが仕方がない。6月19日以来、私はめまいに苦しみ、腰痛や脚の痛みなどの体調が悪い上、心臓にも影響が出始めて、この日誌の記録が空白となってしまった。書きたいことがあっても、母の世話で手いっぱいとなり、筆をとるどころではなかった。

7月8日(木)　今日から母はまたショートステイ。母は何だか淋しそう……。かわいそうだけど、でも、私の体に休養を与えてやらねば自滅してしまうわけだから、これは仕方がない。

7月12日（月）　母、ショートステイから帰る。またまた、同じことの繰り返し。下肢や足首などにむくみがひどい。首は完全に左に倒れている。歩くのに危ない。施設の椅子が大きいため体がどちらかに倒れ、首も傾いてしまう。椅子に大きなクッションのようなものでも常時置いておいてくれれば助かるのに、と思う。各ショートステイ先に毎回書いて母を送り出さないとだめなんですねー。

7月16日（金）　母が「足が変なの」と言う。なぜこんなにむくみが出たのか、施設のスタッフやヘルパーさんたちは理解していない。母を引き取ってから、母の足の〝むくみ〟がこんなにひどいのは初めて。むくみの原因は「冷え」なのだ。冷えを放置したままでいると、むくみが生じてくる。母は義歯が合わなくなり、上下ともすぐにはずしてしまうようになった。仕方がない。

8月10日（火）　5日（木）から10日までショートステイ。6日に妹が来所したとのこと。何かと手を出し、母は嫌がっていたとの報告を受ける。妹は9日にも来所し、母に飲ませようとジュースを持参したが、母は嫌がって口から吐き出し、首に巻いているスカーフを濡らしてしまったとか。妹はその濡れたスカーフをそのまま母の首に巻いたとのこと。母は10日に帰宅。おだやかだが、翌日は一日、私の言うことに耳を貸さなかった。

8月24日（火）　19日（木）から24日までショートステイ。23日は妹が再び来所したため、園長を混じえて面会をする形にしたとのこと。妹は母の食事介助をしたが、あまり食べないので母をベッドに寝かせてしまったため、妹が帰るとすぐに起こしに行ったという経緯が連絡ノートに書かれていた。

8月30日（月）　26日の夜に気がついた。母は足の爪が化膿している。そう言えば27日は痛みを強く訴え、赤い液が出ていたので皮膚科に連れて行くことにする。
　巻き爪がひどいが、これは昔からのことで、母はよく自分で包帯を巻いていた。
デイサービス先で「健康の秘訣は？」と聞かれ、母は「くよくよしないこと」と答え、さらに、「いろいろと世話を焼いてくれる人がいるの」とも語ったという報告があった。

9月1日（水）　デイサービス先から——母がスタッフの方たちに「娘が大事にしてくれるから、本当に幸福……」と目を輝かせて話していたと報告を受ける。ということは、母の〝まだらぼけ〟はまだまだ安心できる余地があるということか。私はこの頃母の口数が減っていることが心配。私が余り話しかけないのもいけないんだなーと反省する。しかし、痛いと私の口数が少なくなる。それは誰でも同じだと思うのですが……。

9月4日（土）　デイサービス先から——私が連絡ノートに「31日以降、母は便が出てないこと、また便秘座薬を使用したこと」などを記入すると、担当の看護師さんが肛門周囲をゆっくりマッサージしてくれたおかげで多量の便が出たとのこと。本当にありがたい。看護師さんの対応に頭が下がる思い……。

9月13日(月)　9日(金)から13日までショートステイ。

母が帰ってくると、今まで出来ていた事が出来なくなってしまった。これまでは根気よく自分で洋服のボタン掛けをしていたのだが、いじくりまわしているだけで出来なくなっている。私に「やって……」という態度が見える。施設を利用して介護の世話を受けられるのはありがたいが、プロの手にゆだねて困るのは見守りではなくすべてやってしまうこと。そのため、本人がやれることをやらなくなってしまう恐れがある。といって、自分自身の体を考えるといつまでも母の面倒を見てあげられるのか？　自問自答する。

9月21日(火)　デイサービス先でも巻爪を切ってしまった看護師さんがいた。なぜそんな不注意が生じるのか、と疑問を感じる。連絡帳に「足の爪は絶対に切らないでください。」と書いたにも関わらず、切ったので二度とデイサービスには行かせない事にした。結局読んでいないんですね。ヘルパーさんは巻爪は切ってはいけない、ということを知らないんですね。そういう人がヘルパーさんに多い。

デイサービス先への連絡事項――便は18日に多量に出ました。右足の巻き爪の件ですが、巻いているところを切ったからか、また液が出てきました。左足の親指の爪は、他の看護師さんが切ったため、左の端に血が出始め、爪の角が隣りの指に当たり、痛みをときどき訴えています。右の巻き爪も化膿しなければよいがと思っています。本日は私が病院に行く日なので、帰り次第、母を受診させようと思います。時間が間に合えば母を連れて行きたいと思います。電話します。

9月22日(水) デイサービス先への連絡事項――入浴またはシャワーだけでもいいです。抗生剤服用。右足爪の外側が食い込まないようにテープで引っ張るようにしてください。小さい袋にテーピング用と書いてあります。爪の脇から足(指)の裏を通してギュッと引っ張って爪の脇で止めてください。左足はバンドエイドで。

9月28日(火) デイサービス先への連絡事項――職員の方々へ。皮膚科を受診して来ました。先生のお話では「第一に清潔が最も大切、第二に乾燥、第三にテーピングを心がける。薬類をだらだらと使うのはよくないので薬は中止する。入浴時にはよく洗ってよく乾かし、しっかりテーピング。爪が皮膚に食い込まないように、右足の爪（外側）の部分、皮膚を引っ張るようにテーピングする。よほどしっかり引っ張らないと効果が出ない」とのことでした。宜しくお願いします。

本日は入浴、シャンプーお願いします。テーピング用テープは、その上からさらにサージカルテープでしっかり止めてください。

10月6日（水）　デイサービス先の連絡ノート――「『買い物に行く……』と言って席を立ったので、トイレに誘導したら排尿あり。『どうもありがとう』と丁寧に言われました。その後もおだやかに一日を明るく過ごしました。」と報告あり。

10月17日（日）　昨日一日、母は落ち着きがなく困った。ウロウロ家の中を歩き回る。トイレにつれていってもなかなか出ない……。今日は一転しておだやか。尿取りパットには尿がしっかり、夕食のときも食べ物をいたずらせず、よく食べた。

10月23日（土）　ショートステイ先では、めずらしくテレビを見ていて「まだ寝ない」と言ったとか「テレビは結構、見ています」という報告。母が大人しくテレビを見ることはめずらしい。

10月25日（月）　ショートステイ帰宅後、母はせきがひどく、たんも出る。足の巻き爪のテーピングが悪く、「痛い、痛い」と言う。何故きちんと出来ないのか？

10月28日（木）　母の義歯が悪化。合わなくなって具合が悪い。このままでは使用出来なくなるが、本人は強固に「入れたくない」と歯科医を嫌がっている。無理に押し付けはしない方がよい……。明日は母の皮膚科受診。

11月12日（金）　今日から15日（月）までショートステイ。私の体を心配して、ケアマネジャーがショートステイの予定を入れてくれている。ショートステイ先に母を見に行ったとき、私を見つけてとても淋しい顔で寄ってきた。一人ポツンとしてつらかったのでしょう。それを思い出すと悲しいし、私自身、母をショートステイにやりたくはないが、〝共倒れ〟になっては困るので致し方ないと自分に言い聞かせている。

11月26日(金)　11月29日(月)までショートステイ。ショートステイ先の報告では、母はトイレで自分の手でボタンをはずし、うれしかったのか、大きな声で「出来たーッ!」と手をたたいていたとか。しかし、家に帰ってくると首、頭が右に傾いている。あーあ……と私。またかー。

12月1日(水)　このところ食事中のいたずらは影を潜めている。食欲もあり、きれいによく食べてくれる。デイサービス先の衣服の着せ方には問題を感じる。母はズボン下を2枚着用しているが、1枚ずつはかせると途中でたるみが出てきちんと着用できない。しわができるとそこがうっ血して赤くなり、いずれはただれのような症状を招き、むくみなどの原因ともなる。そんな訳でいつも「2枚一緒にはかせて」とお願いしているが、だめなのです。なぜ？　その方が簡単なのに何故でしょうか？

12月5日(日)　母とディズニーランドへ。母はディズニーランドのパレード見物が大好き。「すごいわねー、よくこんなの作れるのねー」と顔が変わる。本当にうれしいという満面の笑みを見せてくれる。

12月18日(土)　母はこのところ自分で起きてトイレで排尿。衣服の着脱も自分でやろうと一所懸命。私は連日、足の激痛がやまないため、母は私の様子を見て助けてくれているようだ。私は痛みのため、この日誌の記録を続けることがつらく、忘れそうになる……。今は私、通院している。

12月26日(日)　ショートステイ先の施設でまた転倒し、右頬骨にアザを作る。帰ってきたときは何とも痛々しかった。ズボン下がおなかの途中で止まっている。テーピングや巻き爪の件も相変わらず未処置で、持参の用品は使用していなかった。

12月31日（金）　洋服を着せているとき、「いつも全部やってもらって……。ありがとう、ありがとう」と母。夜7時、いつもの台詞《せりふ》「帰りましょうか？」を言い始める。「私、もう疲れたから、死にたい」。すると私の顔をじっと見て子どもの顔になり、「死んじゃだめー」。「家の中のこと、いろいろやってくれる人頼みなさい」とも言う。でもとにかく、今日は大晦日だ。母も私も、何とか頑張り抜いて一年が過ぎた。

平成17年――母は昔から〝きちんとさん〟だった

1月2日(日)　私の長男、長女の家族が来る。母ほとんど寝ている。きわめて温厚。素直で、拒否なし、何事も怒らない。入歯もすぐ取り、歯みがきも自ら行う。ただし、尿取りに排尿、便もパットにしてしまう。人が来たりすると口数が少なくなるため、「おしっこしたいの」と言わなくなってしまう。人がいるとそんなこと言ってはいけないと考えているのでしょう。

1月9日(日)　7日(金)からショートステイに行っている。9日に転倒事故があり、これから病院に行くというので病院で会うことにした。長男、次男家族が来ていたので皆で病院に直行する。ベッドの母を見ていると頭にこぶができている。しかし他に異常なしということで、施設に戻ると言っていた。

ショートステイでは事故が多い。やはり目が行き届かないのだろう。ショートステイ先にて、体の傾き（右に）が見られたのでベッドで休んでもらった。夕方起こしに行ったが、「まだ眠い……」と言うのでそのままに。その後訪室したら床に倒れていたと報告。アーアーまたか。あー。

1月14日（金）　今日から17日（月）までショートステイ。ここの施設でも転倒事故が何度かあった。今朝は自宅で「ありがとう」「すみません」の言葉が多く、私の着ているシャツなど「すてきね」とほめている。しかもU・S・POLOと英語で書いてあるのを母は英語で読んだ。

1月21日（金）　このところ尿取りパットに排尿してしまうことが多い。ただそれなければよいが……。何か考えているらしい。また、手指の爪切りは私が切ろうとすると手を引いてしまって切ることが出来ないが、デイサービス先では切ってもらっている。私だとワガママが出てしまう。

2月3日（木）　帰って来たとき、ソックスが足の先にたくさんたまっており、ズボン下も足首でたるんでいた。相変わらずの処置だ。こちらの希望が通らない。血液循環の悪化により皮膚のただれが起きたらどうするの？

私の持病は最悪で「足が痛くて死んでしまいたい」と言ったら、母が「だめ、そんなこと言うんじゃないの」と言った。さらに「いかないで!!」と言った。デイサービス先からの報告――トイレに誘導すると、母は無視するかのように「あなたが行きなさい」。また、お薬をすすめると「あなたが飲みなさい」と言った、という。

よく受け答えをしますねーと感心してしまう。

2月8日（火）　今日はデイサービス先の連絡ノートに風船バレーを楽しんだと書かれていました。この施設は、大変小じんまりとした施設で、母は相性がよいようです。子どもの頃から運動好きの母は、おそらく反射的に反応して夢中で動き回っていたのでしょう。

2月19日(土)　年齢を重ねると何もかも弱くなり、内出血なども起こしやすくなってくる。手をつなぐときもこちらがつなぐのではなく、母に私の手を持ってもらうようにしている。

しかし、私自身も持病のせいで腰や足が痛み続け、母と私のどちらが重病なのか、わからないときがある。私の顔をじっと見ているので「どうしたの?」と聞いてみると、「あなたがかわいそう。わたしは何もしてあげられないから」と悲しそうに言う。

2月21日(月)　母、インフルエンザ感染。もちろん予防注射はしてある。しばらくは家に居ることになる。

2月24日(木)　朝、母が「行ったり来たりして大変ね。申し訳ない」と言って泣きだした。私が痛みをこらえ、足をひきずって家事をしていたから。トイレの手すりを付け変える。

2月28日（月）　新しい訪問看護の人が来た後、突然嘔吐。なぜかこの訪問看護の人、ピッタリとそばに寄って来る。初めての人で母はそれが嫌だったのか。

3月9日（水）　デイサービスから帰って来てご機嫌になっている。ニコニコしている。帰宅後も夜までずっとおだやかだった。インフルエンザのため3月7日まで家に居たためか……。

3月11日（金）　今日から15日（火）まで初めて施設にショートステイ。少し微熱がある感じなのでやや不安。ショートステイ先での報告。細かく記入されていた。パットを取り替えたら「どうもありがとう」と。椅子に座っているとき傾きが出たり、椅子の内側にクッションを置いた、と。ただし薄着にしていたため、下肢のむくみ、カイロも使用していなかった。レッグウォーマーも着用していない。私の顔を見て母は何度も「だめ」と言っていた。たぶん、ヘルパーのことでしょう。便の量も非常に少ない。心配。

3月29日(火)　今日から4月10日(日)まで私の体がつらい。母の微熱も続いていたため、デイサービスを休み家に居る。母のこと、何も記録出来ない。

4月11日(月)　今日から15日(金)まで母、ショートステイに行ってもらった。私の体、休めることが出来た。

4月16日(土)　母の調子が低迷気味。訳のわからないことばかり言って、突然怒り出す。ショートステイ先が合わなかったのかなー?

4月19日(火)　デイサービスを休む。朝、全身ビッショリ汗。歩けない、起きられないという状態。急遽、訪問看護を依頼することにした。

4月25日(月)　今日から27日(水)までまたショートステイ。母は朝から拒否反応が目立つ。あまりに反抗的なので、私が「どこかに行ってしまう」と言うと、少し考えていて「嫌だ、だめ」と必死で反論。「またそんなことを言う」と怒り出してしまったことも今まであったなー。

4月26日（火）　ショートステイ先から、「暖かかくなってきましたのでホカロンを貼るのはやめました、とのこと。しかし母はじっとしていることのほうが多いため、寒くはなくても循環が悪くなるのでホカロンはつけていただきたかった。

高齢者と一般の健常者とは、着るもの食べるもの、運動能力、体調管理、すべて異なるということをもっと知って介護にあたってほしい。情けない。

5月4日（水）　私が入院治療するため施設に入居することになる。東京の老人保健施設を見学に行く。

5月9日（月）　老健入居のため病院で検査。付き添いにヘルパーさんを頼んだが、母は「だめだった」。相性なので難しい。どこが嫌なのかは母に聞いてもわからない。

5月13日（金）　自宅で、私がちょっと目を離したすきに、母の体はフニャフニャと床に落ちるように転倒してしまった。そして左肩を少し痛めてしまった。順番に床に落ちて、最後は頭の左側を床につけてしまった。

5月24日（火）　今日から26日までショートステイ。5月21日（土）くらいからモーラステープのただれが出てきた。毎日貼るのはやはりダメのようなので。皮膚が弱い。

5月30日（月）　一日中休んで家に居る。母が朝、布団の中で「ここが一番いいの」と言う。母は施設に入居することになるのを感じているのでしょうか？

6月2日（木）　母、病院にて首、肩、股関節等の検査実施。

6月4日（土）　私が病院で治療をするため、母は老人保健施設に入所。私の治療は通院では出来ないということで、仕方なく母には我慢してもらうことになる。

6月9日(木)　私は入院。硬膜外ブロック注射は通院時より液量多い。10日(金)から20日(月)まで金、月、金、月曜と注射。22日(水)に退院することができた。

7月9日(土)　老健からの連絡事項。入居中の状況について――入居中はおだやかに過ごされておりまして、レクリエーションの風船投げやボール蹴りなどしたときは、笑顔で場を盛り上げてくださいました。日中は傾眠傾向のこともあり、右へ状態が傾きやすいので、脇に枕、タオルなど入れて調整しております。

お食事はムラがありますが、介助にて2分の1程摂取されてまして、さらにエンシュアを少量ずつ飲まれていました。排泄は手引き歩行にてトイレ誘導し、失禁の場合もありましたが、トイレ内で排尿なさっていました。左骨、腰痛の訴えはありませんでしたが、巻き爪も特に炎症は起きておりません。また何かの機会がありましたら、ぜひ施設をご利用くださいませ。スタッフ一同、お待ちしています。お元気でいてください。最終入浴、7月8日。最終排便、7月9日2回排便あり（軟便少量、普通便少量）、との報告を受けた。老健からのメッセージです。

7月13日（水）　母と私の二人、リビングで転倒。足がすっかり弱っている母のふらつきに私が耐え切れないからだ。私の膝を思い切り床にぶつけてしまった。かなり痛かった。

新しいショートステイ先の職員が面接に来た。

7月14日（木）　デイサービス先で、母は以前のようにしっかりしてきたとの連絡を受ける。やはり母のほうが強いようですね。

7月15日（金）　初めてホームドクターの言葉を思い出しました。「野口さんの手の届かないところにお母さんを置いてはだめですよ」。本日から新しい施設のショートステイに。とにかく、オドロイタ。迎えに来た人が、全身タバコ臭い。車まで一緒に、車内もタバコの臭いですごい。これが介護施設で働いている人。心配になり施設訪問したら、さらにオドロイタ。職員達のいる部屋から利用者が座っているところはまるで見えない。何かあったらどうするの？　私が利用者の方をケアして座らせた。

7月20日（水）　東京の老健施設での疲れが取れていないうちに、また新しい施設のショートステイ。これでは無理。ゆっくり家でのんびりと過ごさせてあげたいと思っているのだが、私の体が言うことを聞いてくれない。自宅に帰って来た私、また痛みが出てくる。

7月31日（日）　老健から帰ってから拒否反応が出て、食物を口に入れても吐き出すことが多い。悪いことばかり。もしかしたら「私をあんな所に入れてー!!」と反抗しているのでしょうか？

8月7日(日)　朝だけヘルパーさんに来てもらうことにした。「さあ、お母さん、ごはん食べましょうね」と言って、自分でおはしで3分の2ぐらいしっかり食べてもらったとのこと。パジャマのボタンも自力で止めていた。ヘルパーさんが帰った後、私は「ご飯の支度、洗い物、洗濯物を干してたたんで、全部洋子ちゃん一人でやっているのだから、お母さん言うことを聞いてくださいね」と言ったら「はい」と答えた。

8月19日(金)　ショートステイの生活でお尻のただれがひどくなった。自宅では前からそのつど洗っていたのになー。私が自分のこと「シワだらけのおばあちゃんになっちゃった」と言ったら、「そんなことない」と母が言う。このごろは話しかけても「うん、うん」の返事が多く、それきりだまってしまうので、なるべく意識的に母に話かけるようにしている。洋服のボタンを母にしっかりと止めさせる。少しでもできる機能は残しておきたい。また夕食は、出来るだけ話しかけて、話をする。

8月20日（土）　夕食はパーフェクト。その後、パジャマのボタンを一生懸命やっていた。この間までやっていたのだから、まだ元の力を回復することは可能のはず。「だいじょうぶよ。出来るからね、お母さん」と最後まで出来るよう見守ることにしている。「お母さんは〝きちんとさん〟でしょ」と更に「えらい」「えらい」とほめる。

9月1日（木）　ふっとこんなことを考えてしまう。今の私、何も苦労をすることもなく、自分自身の生き方が出来るのに。母は私のいないところに行くのは嫌だと考えている。それが母の態度に表われている。今日は母の誕生日。

9月9日（金）　今日から9月12日（月）までショートステイ。

9月13日（火）　母の左手の動きが悪い。少しマヒが出ている。

9月15日（木）　病院のハシゴ。第一病院から中央病院に。

9月17日（土）　夕食のとき、突然「ヨーコチャン」と母が言った。ひさしぶりに明るい顔でのぞき込むように見てくれたが、話のほうは続かずまた黙ってしまった。何か、途中でテレビのスイッチを切るように、ぷつんと話がとぎれて母は沈黙の中に入り込んでしまう。次の言葉が出てこない。言葉を忘れている？　そんなことはない。

9月30日（金）　とうとう心配していた床ずれが出来てしまった。一晩で！　プロテクターフィルムを使う。また左半身の血流が悪くなってきている。デイサービスから帰った母が、何となくだらしない洋服の着せ方をしている。母は〝きちんとさん〟というあだ名があるくらい、だらしないことは嫌いでおしゃれな人なのだ。だからボタンはすべて自分で止める。いつも帰ってきたときは、首の下のボタン、袖口のボタン、ブラウスは下まできちんと止めてある。それがほとんどしていなかった。一体どうしたの？

10月1日（土）　デイサービス先で男性ヘルパーが大腿部を見せてもらおうとしたら、「男性は嫌よ」と言われたと書いてあった。母らしい。今日は夕食もスムーズで機嫌も上々だったが、その間も母は私に対して気を使って、「ごめんなさいね」「すみません」という言葉を何度も口にする。

10月17日（月）　昨夜二人でトイレの前で仲よく転倒。こんなことが多くなった。（土、日）と朝のジュースは飲まず拒否が強いが、昨日は一転してびっくりするほどよい方向に。「何も出来なくてしょうもないね」、「ごめんなさいね」「一生懸命私のためにやってくれているのにね」など繰り返す母。よく食べてよく寝ての今朝、排便（マッサージ）あり。昨夜転んだため、また母の腕や手に内出血の痕が（母を起こすのに大変だったから）出来てしまった。

10月18日（火）　バナナ小2本くらいの便が出た。あーよかった。

10月24日（月）　ショートから帰宅後睡眠不足のようだった。訪問看護師さんに診てもらい床ずれもOK。治ったー。入浴後、薬をつけてマッサージをしてくださいとのこと。安心した。いま、母はご機嫌で、大好きなハリーベラフォンテの「ダニーボーイ」を一緒に歌っている。

10月25日（火）　夕方自宅で転倒。やっぱりショートステイで疲れたのか、私がちょっと目を離した瞬間「ダメよ一人で出て来ては」の言葉が聞こえなかったのか。トイレと廊下はちょっと段差があるため、足を踏みはずして落ちてしまった。救急車で病院に。7時半に着き4時間待たされ診察の結果、「ただの打撲です」と言われ帰宅。自宅にてトイレ介助の際、大腿部の腫れがすごい。ちょうどメロンパンのようになっている。また病院に連絡すると、すぐ救急車で来てくださいとのこと。今度はCT検査もしてもらうことに。「やはり何でもありません」と言われたが、ナースは「病院長と相談して特別室を用意するから入院してください」とのこと。しかし私は、以前入院したときに母は一晩で「オシッコ」と言えなくなってしまったので、いろいろ考えて入院をさせずに帰ることにしたのです。

10月26日（水）　ヘルパーの時間を増加して午後1時30分、4時、8時に決めた。

11月1日（火）　デイサービス先の看護師さんから「百代さんを病院に」と言われた。信頼できる整形外科医に相談。

11月5日（土）　やはり入院することに。外来に行ったら担当医師が頭から怒鳴る。私はただただ黙っている。他の医師が母の経歴を伝えたらその医師はすっかり変わり丁寧になった。

11月8日（火）　午後手術。人口骨頭を入れると担当医から説明あり。入院中の食事はすごく難しい。毎日母のところに通い、私が食べさせることにしているが食べない。つい怒ってしまう。「あなたと一緒に帰りましょう」と母は悲しい顔で私に訴える。

11月20日（日）　退院。

11月22日（火）　私からデイサービスへの連絡事項――入浴シャンプーはおまかせします。左側お尻部分、防水フィルムを貼ってあります。はがれるようでしたら取り替えてください。他いろいろと診てください。すみません。お願いします。便、マッサージにて普段より細いですが21日正午に結構出ました。入院時は食事の拒否が多く、大変でした。拒否で今は飲み物も口を結んでほとんど開かずです。これは病院ですっかり有名になりました。今朝は、ようやくバナナ（大）１本に薬を混ぜて食べました。すべてようやくです。今日から24日までデイサービス。デイサービスを継続的に受けていて良かったなとつくずく思う。

同じ施設で大変よくやってくださっている。感謝。退院の際、血栓が出来るといけないので、きついストッキングを履かせなくてはいけないのだが、これがまた難しい。今回の入院で、食べ物また洋服の着替えを私一人ですることになった。これがさらに大変になってきたのです。

12月1日(木)　夕方少しだけ歩きました。

12月4日(日)　デイサービス先で、薬を混ぜてゼリーなどを食べさせるのが大変と報告あり。それは、母も理解している。自分で「だめね」とか「もうだめだわね」などと言って、悲しそうな顔をして泣きそうになっていたと報告あり。

12月18日(日)　17日の夕食はほとんど一人で食べてくれました。デイサービス先では昼食4割、持参したプリン2個を全量。ポカリスエットも200cc、薬もスムーズとのこと。良かったです。

12月21日(水)　デイサービス先での食事。自分でおはしで食べ、半分は介助で。ペースは速く良く召し上がりましたと報告あり。

12月25日（日）　デイサービスから帰って来てからの夕食をよく食べた。ごはん100gとカップスープ、カルピスゼリー、豆のつぶしたもの、プリン1個等よく食べました。がんばりましたね。

12月30日（金）　各デイサービス先では、クリスマス会でサンタさんがいたり、忘年会で職員さんたちの劇が上演されるなど、さまざまな行事を楽しんだと書かれてありました。

平成18年――「あなたは、よくやってくれるわね」

1月3日（火）　私、捻挫してしまった。歩けない。どうしましょう。

1月4日（水）　母は昨日の朝より汗をかいていた。むくみは消えるが、よいか悪いか、汗をかくと便が硬くなり、排泄が難しくなる。昨夜、便は出たがまだ出るかも。デイサービス開始。

1月5日（木）　私は足の痛みがとれず、足をひきずり、伝い歩きをして毎日の家事や介護をしている。母がふらついて転べば、支えている私も共に転んでしまう「老々介護」は、ふとしたことで大きな事故につながってしまう。打ちどころが悪ければ立ち上がれないし、大事に至る。介護される人も介護する人も、毎日の小さな無理や消耗が、積もり積もって大きな足かせとなってくる。もし介護サービスがなかったとしたら……、おそらくは私の方が〝寝たきり〟になっていたかも、と思うほど。私、病院に行く。次男家族が来てくれた。

1月7日(土)8日(日)　母を連れて、私の長男家族と木更津へ。昔、父母で何度も行ったことのある懐かしいホテルで一泊。ホテルの椅子に座ってぼんやり海の空を見つめている母は、いつもより静かで、やさしい目をしている。母は父のことを思い出しているのでしょうか?

1月10日(火)　メガネがだめなのか、母はなぜか、左目から耳にかけて内出血が…。老人介護は片時も目を放すことが出来ないが、この施設は看護師さんがとても優秀で、よく気がつく。母を安心して預けられる施設なのでほっとしている。「巻き爪」の件は深刻で気がかりだが、経過観察をしっかりしてもらいたいと思う。

1月17日（火）　左膝の後ろに水泡が出来てしまった。左腕と右肘上の内出血、左眉上の薄い内出血はなぜ出来たのか。母のように高齢になると自分ではっきりと訴えることが出来なくなり、見過ごしてしまう症状が多く、気がついたときには深刻化していて、すぐに医者に連れて行かなければならなくなる場合があり、それが大変なことになるのです。

ちょっと強く腕などをつかむと内出血に。また寝ているときに、寝間着の重なった部分が赤くなりそれが床ずれにつながってしまう。両耳の耳垢は、いずれ耳鼻科に連れて行かなければきれいにならないでしょうね。

1月30日（月）　デイサービスの施設で床屋さんに連れて行ってくださったとのこと。大変助かります。母はずっと目をつぶっていたが、カットが始まるやいなや、パッチリと目を見開いてしっかりハサミの先を追っていた、という。終わった後、「ありがとうございました」と少女のように真面目な顔つきで律義に礼を述べたとか。母らしい。さすがオシャレの母健在なり。母は髪の毛は一番と言っていい程大切なのです。

2月1日(水)　1年で一番寒い2月。私の脚の痛みが強くなり、つらい。

2月3日(金)　デイサービス先で足の指の爪にヤスリをかけているとき、反対の足でヘルパーさんの手をトントンとふざけていたとのこと。「足の動きが軽やかでうれしいですね」と書かれていた。母にはそんなオチャメなところがある。毎日の生活の中で私にも喜怒哀楽をぶつけ、気分のよいときにはよくふざけてくる。又、面白い顔もする。

3月10日(金)　今日から13日(月)までショートステイ。初めての施設。なぜか薄暗く、使用していないところは天井の電灯が消えている。大丈夫?……。

3月14日(火)　5時半にヘルパーさんを頼んでおいて正解だった。トイレに座ってすぐにバナナ1本位の便が出た。夕食時に「家が一番いいの」と言っていた。ショートステイから帰ってからちょっといろいろとよくない症状が出ている。左足指、右足指、小傷、指の間の発赤。お尻に小皮剥離。どうしましょう。

3月25日（土）、26日（日）　デイサービス先への連絡事項――以下のことについて何卒宜しくお願い致します。

・お尻のいわゆるオムツかぶれのところ、入浴後にリンデロン、その周りはワセリンを塗っておいてください。・尿取りパットを直接当てるのではなく、ソフライナーを肌に直接触れるように、帰宅用の尿取りパットにもソフライナー付けてください。・左足指の付け根の所にサージカルフィルムを貼ってあります。これは絶対に取らないでください。入浴時も。入浴後もそのまま上からティシュを巻いてください。・実は3泊4日のショートステイで車いすに座ったままでしたので、左足が弱り足首がしっかりしなくなりましたので、固定のバンド（捻挫をしたときのベルト）をしています。これは取らないでください。少ししっかりと止めないと足首がグニャッと外側に曲がります。・3日に1度排便がありますので、食欲があると思います。・入浴だけお願いします。

4月3日(月)　少しずつ少しずつお尻の状態がよくなってきているが、7日(金)から11日(火)までショートステイに入る。はたしてすべてきちんと行っていただけるかどうかが心配。ショート先からは、母が立つとき力が入っていたとの報告があったが。少しずつよくなっていくのかな？　と。

4月13日(木)　このデイサービス先は本当によくやってくれている。感謝。私一人ではどうにもならないことも多いが、本当に助かる。介護の世界にはやはりプロの協力が必要だとつくづく思う。足首がしっかりしないからサポーターを使うとまた赤くなり、よくない方向に向かってしまう。本当に難しい。アーアー。

4月25日(火)　またまた、ふくらはぎに水泡ができた。アーアーとため息がでる。

衣類がきちんと整えられていないと、そこが赤くなり、次が水泡になる。全身に目配り、気配りが必要になってくるのです。

5月9日（火）　施設先での出来事――センター長が「今晩は」と挨拶に来ると、母も「今晩は」。2時間後、センター長がまた見回りに来て母のところに顔を出したら、「また来たの？」。母はちゃんとさっきの場面を覚えていたんですね。だからまだらぼけなんですね。

5月16日（火）　デイサービス先の昼食時にウトウト眠ってしまい、食事量は少なめでしたがオヤツは全量食され、午後下肢マッサージ後・足踏みをしたと書かれていました。ありがとうございます。

5月21日（日）　天気がよかったので日光浴をしたとのこと。またヘルパーさんが「淋しい？」と聞くと「うん」と答えたそうです。母は率直な人だから、周りの人たちに好かれる。そのヘルパーさんは、しばらくの間、母の手を握ってくださったとのこと。母の顔が浮かび、胸がいっぱい……。私もすぐにも施設先へ飛んで行きたいけど、この体では……自分自身のことを考えなければならない。

6月3日（土）　施設により母の食事摂取が大幅に変わる。広くゆったりとした施設では摂取量は少なく、小じんまりとした施設では摂取量が少し増量する。その施設の雰囲気や環境により、どこかが違うのでしょう。また、午前の排尿ではトイレにてしっかり済ませてくれるので大変助かります。

6月15日（木）　母は食欲旺盛。自宅の夕食は主食、副食ともしっかり食べ完食した。排便は今（月）（木）のサイクルになってきた。規則正しいのであれば、よいことですね。

6月18日（日）　母一日、家でコンコンと寝ている。その眠りを大切にして、高齢者をそっとしておいてやれることは、心のこもった食事とともに、家庭介護の最大の強みだと思います。

6月23日(金)　今日から26日(月)までショートステイ。

ショートステイのお迎えのとき、マンションのエントランスホールで事故が。階段を車いすで降りるときに、私が車いすを持って階段の降り方を知らなかったのと、迎えに来たヘルパーさんがやはり降り方をよく知らなかった。ヘルパーさんが足の方を持ち、先に階段を降りる。私が頭の方を持ち降りる。ヘルパーさんが引っ張ったために私が母の頭の上に体が引っ張られるようになり、手が離れてしまって、母の頭がコンクリートの床にゴツンと……。ショートステイ先に連絡をし、一応救急車を頼み病院に。その結果「水頭症」と言われたがショートステイには行ってもらう。

7月5日(水)　デイサービスから帰って来てから、今日は元気。食事もパーフェクト。目に母らしい光がある。〝きちんとさん〟の昔からの凛《りん》とした光。反応もしっかりしているので、私は居間で向き合い、くつろいでゆっくり母と世間話をした。

母との話は「楽しかったの？」「みんなで歌うときはどんな歌？」「折り紙とお絵かきではどちらが好きなの？」「おやつは何が出るの？」といったとりとめないことばかり。母の返事も「うん、うん……」というような簡単なものだけど、それでもいい。できるだけ母に話をしてほしいと思っている。毎日が楽しく過ごしてもらえたら、それが母の健康の元なのだから。

7月6日（木）　主治医の往診。デイサービス先には早めに私が迎えに行く。

7月9日（日）　6月頃から私は歩く日を多く作るようにしている。多い日は12，000歩など。また、ショートステイ先にも歩きや電車で行くことにしている。

7月11日（火）　一日中家に。どうもパジャマに何か虫がついていたのではと思ったのだが、ちょうど風上で草刈りをしていて風に乗って毛虫の何かが洗濯物に付いたらしい。そのため母の腕に湿疹が出来ている。

夕食はよく食べてくれた。「もっと食べられる?」と聞いてみると「食べる」との返事。すごい。便もしっかりと出ている。ここのところ、気分もおだやかだし、年齢やら病気やらを考慮すれば〝絶好調〟といっていい状態かもしれない。母は93歳。これ以上はなしと思える。

7月19日(水) デイサービスの看護師さんから母の「治癒力はすごい」と書いてありました。本当にすごいです。

8月1日(火) 排便しっかりした15㎝の便とさらに6㎝位の便。母に「お母さん、よいお通じがたくさん出ましたよ。よかったですね。お通じがないと病気になりますからね。たくさん食べましょうね」と言うと、「わかりました」と母。はっきりと答えてくれた。顔色はよい。左足くるぶしが右足と比べると少し腫れている。

さすがに90歳を超えてくると、気づかないうちに、全身のどこかにたえず小さな異変が生じてくる。家庭介護は、日々これ「観察」の毎日。あらゆるところに目を配っていなければならない。私は観察力があるほうだからよいけれど、その辺りをおろそかにしては介護は務まらないように思える。「観察」抜きにして介護なし、母の看護など到底出来ない気がする。観察＋アイデア。

8月4日（金）　足のくるぶしの腫れ、さらに両腕の内出血と、次から次となぜかいろいろなことが出てくる。ちょっとしたことで内出血になってしまう。

8月10日（木）　今日お世話になったデイサービス先では、担当の方のサービスや対応が丁寧で大変よく看ていただている。感謝。母は冷房のために足首から足の指までむくみが出たが、ちょっとした変化も見逃さずにいろいろ対応してくれる。湿布薬を付けてくれたり、マッサージなどもこまめに取り入れたり……。でも、この担当の看護師さんがいないときや休みのときは、そこまで気がついてくれない。望むことも出来ない。どこの施設も同じかなとも思う。施設全般がどうのというより、それ以上に担当者の取り組み方、個人差が大きい。「熱心な人、普通の人、雑な人」とレベルがあり、だれに当たるかは運不運でこれはどうしようもない。

8月19日（土）　お尻にフィルム。腕に内出血あり。モーラステープ。左足首がときどきねじれるので立たせるとき要注意。（ショートステイ先で車いすに座らせたままの状態が長かったため、骨折以後少し歩けるようになったのだが）以前、その施設ではヘルパーさんが入居者10名に対し1名しかいなかった、アーアーです。

8月30日（水）　お尻はようやく治ったが、腕の内出血は長い間車いすのパイプに触れたままだとか、またちょっと腕を強く持ったとか、こんなことですぐに内出血ができてしまう。

9月4日（月）　新しいリクライニングの車いすが到着。わが家の自家用車には、モーターで車いすを吊り上げてトランクルームに収納出来る車を作ってもらった。母が座る前の座席も電動で前ドアの外に出てくるようなものにした。

9月18日（月）　ベッドもエアーマットのベッドに変更したためか、とてもよい方向に向かっていると思う。朝起きたときも母はしっかりと汗をかいていた。

9月19日（火）　またまたズボン下が前と後ろ反対になっている。下着類、きちんと着せてないと、つまりいろいろと重なったりすると、そこがすぐに赤くなってただれの原因にもなりかねない。

10月11日（水）　ショートから帰ったのが10月10日。午前中、突然私の顔を見て泣き出した。淋しさ、ストレスなどが心の底にたまっていたのだろうか。私も悲しくなってきてしまった。

11月8日（水）　母、熱が出たため、11月16日（木）まで家に居ることになった。

11月21日（火）　昨日、今日と「介護タクシー」の車で迎えに行ってもらう。

12月8日（金）　今日から12月11日（月）までショートステイ。

食事量がずーっと少ないと報告あり。この施設もヘルパーさんの数が少ない。今までも行っている施設だが人手不足はさまざまな不備を生む。また何か悪い方向に行かなければよいが？　また室温調整も気がかりですね。

12月18日（月）　訪問ヘルパーがどうも気に入らないらしい。困りました。

12月19日（火）　やはりだめ。口を開かない。

12月21日（木）　デイサービス先に母を迎えに行くようになってから、言葉を少しずつ発するようになってきた。顔もよい方向に変わって来た。デイサービス先でクリスマス会ということで、楽器などで音楽演奏を行ったとのこと。「百代さん歌いましょうね」という声かけに対し「いいわよ」とはっきり返事をしたという。母はやはり音楽や運動になると生き生きしてくるのです。

12月27日（水）　デイサービス先で話しかけには、声を出してうなずいていたとのこと。食事もおやつも全部食べたと書いてありました。

12月30日（土）　デイサービス最後の日。デイサービス先を急遽変えた。こじんまりとしている施設の方に。それにしても、ああ、今年一年、ありがとうございましたと手を合わせたい気持ち。母だけでなく、私自身も介護サービスに支えられた一年でした。母が介護サービスを受けている間、私は苦痛を抱える体を少しでも休ませることが出来たのです。それがなければわが家の家庭介護は持たなかったと思います。身も心も限界の日が何度もあった。来年も今まで通り、デイサービスやショートステイにいければよいのだが、母の場合どうなるか……わからない。体重が2kg増加した。体重が増加するとまた新たな問題も出てくる。母は歩けないから……。いいえ歩けなくなってしまったので……

——これで一年の終わり。母に「お母さん、がんばりましたね。ごくろうさまでした」と言ってみる。でもまだ続く、母と私の二人三脚が……。

平成19年──「どんな思い出にひたっているの？」

1月4日（木）　後頭部、右手首、両足、臀部が昨年に引き続き治癒されていないため、デイサービスの看護師さんに治療をお願いする。母自身は元気。〝食欲あり〟と書いてあった。昨年に引き続きヘルパーさんは下で待っていてもらう。デイサービスの到着時間に合わせて、自宅の四階までヘルパーさんと二人で連れて来る。階段があるのでスロープを使って。スロープが使えない所は車いすを持ち上げる。

1月8日（月）　とうとう右足親指爪のつけ根が化膿してきた。様子を見ることにする。

1月10日（水）　ヘルパーさんが母の名を呼ぶと、目をキョロキョロさせてうなずいたとのこと。食事中の声かけに久々に「そうよ、そうなのよ」としっかりと返事をしたという。高齢のため、疲れやすいせいもある。母の快活な返事に、スタッフの方々が大喜びしていたと報告を受ける。施設内は何となくザワザワしているので、母に聞こえるときとそうでないときがあるのでしょう。

1月23日（火）　昨夜は食事をパーフェクトに食べた。便秘を治す座薬と肛門マッサージをして便を出す。結構の量が出た。しっかり食べているので大変よいと思う。

現在は1週間に11名のヘルパーさんが来ている。しかし、きちんとした対応ができるヘルパーさんが揃っているわけではないので、そのつどにいちいち要望を整理し、問題点を説明するため、体調のよくない私はかなり疲れ気味。母まで、戸惑っている。これは介護の技術的問題と共通の理解（ヘルパー不足につき何カ所もの事業所からヘルパーが来ている。お互い顔を合わせることはない。）がうまく出来るか、というスタッフ側の管理・責任。具体的に言うと、専門家の技術差もあり、きちんと立たせることも出来ないヘルパーさんの技術レベルでは、座らせるときも途中で力を抜いてしまうため、母が「ドスン」と椅子にお尻を落としてしまう。特にトイレにて座らせるときがひどい。うっかりすると後頭部を背中にある便座のフタに頭をぶつけてしまうこともある。

1月24日（水）　母はこのところ本当によく受け応えをする。顔の表情もすばらしい。よいとき悪いとき、山あり谷ありの毎日だが、母の年齢94歳を考えると、こんな日が続くなんて〝奇跡〟のように思えてくる。昨日と今日の午前中は、大好きなフランク永井の歌を聴いて涙ぐんでいた。心配して様子を伺うと、悲しげ顔ではなく、嬉し泣きみたいな明るい〝うっとり顔〟だった。お母さん、どんな思い出にひたっているの？　聞きたくなったがそっとしておく。デイサービス先で「飯豊さんは、フランク永井の歌が好きなんですね」との問いに、はっきりと「うん」と答えたと書かれていました。

夕方のトイレ介助のとき、お尻の裂傷に左右にただれがあり血液が滲んでいた。フィルムは中止した。私は母が寝ているときは動かすことが出来ない。なぜなら母は全身の力を抜いているから。26日からはまたショートステイに入る。少し心配になってきました。

1月26日（金）　今日から29日（月）までショートステイ。ショートステイ先からお尻の件でしっかりとした治療をしていただいたとの報告があり、一安心。ありがたいと思います。また、食欲旺盛でよく食べてくれたとも書いてあり、自宅からゼリーにした食品をいろいろと持たせておりますが、もういらないの意思表示は、目をつぶってこれは「もういらない」と態度で示しているようです。

1月30日（火）　またまた腕に内出血あり。お尻はよくなってきた。おやつも全量「おいしいですか？」の問いに「うーん……」と答えたとか。それは当然のことだと思います。眠いときに寝かせてくれない、食べたくないときに食べろという。私が作る料理で同じものでも「おいしい」という場合と、聞いても「うーん……」と気難しい顔をしているときがある。

2月6日（火）　母の「身体障害者手帳」を交付してもらうために、手術をしたときの先生に診断書を書いてもらう。「身体障害者手帳を交付してもらうといろいろと特典があります」と市職員に教えてもらった。

2月7日（水）　お尻の状態、経過良好。すっかりよくなった。普通はどんどん悪くなりやすいが、デイサービス先や私の手当てがこまめでよかったからと。手当てのみならず、経過観察チェックを怠らないことが大事なのです。いかに気がつくか、気がつかないかの問題。デイサービス先でも、母の場合は声かけに対し必ず返事が戻ってくるという。ヘルパーさんから「嬉しいですね。呼んでも答えない人、わからない人もたくさんいますから」とおほめの言葉をいただくことは家族にとっても嬉しいことです。

2月9日（金）　今日から12日（月）までショートステイ。
14時に検温、37度4分、その後も37度6分、22時には36度8分に下がったと書かれていた。エンシュアリキッド、カルピス、リンゴジュース等をゼリーにして持参し、それらを食べさせてもらっている。12日はフラメンコ舞踊の方々が来所されたと書かれてありました。踊りが好きな母は、皆さんと一緒に熱心に見ていたと報告がありました。

2月19日(月)　デイサービス先で音楽が流れたとき、目を大きく開けて聞き入っていたと書かれてありました。母の音楽好きは、謡曲を習い発表会などで舞台に出ることもあった。うたいとも言われている能の詞章もうたう。又、クラシックまで幅広い。バイオリン演奏のレコードを買ってきて、家で聴いていた母のことを思い出しました。

3月3日(土)　デイサービスで持参したゼリー類すべて完食と書いてありました。

3月6日(火)　4時過ぎにヘルパーさんに来てもらっているので、プリンを食べさせてもらうのだが、口を開かない。何とか食べさせてもらった。「テレビ見ますか」の問いに「うん」と答えたのでずっとテレビを見せていた。その後食事を完食。4日の日曜日にのどに痰が絡んでいたので、看護師さんに聞いて私の指にガーゼを巻き、とることができた。現在ヘルパーさんは1週間に11名来ている。その中には母の気に入らない人もいる。たとえば声の大きな人が苦手。母は「耳がよいので大きい声は出さないで」と言っているのだが、それがなかなか理解されない。何となく母の気に入らない人もいる。ちょっとした印象やケアの仕方、言葉遣いで、高齢者の心は敏感に反応するのです。高齢者の心の反応や受け取り方まで気にして、心を配っている医療・介護スタッフの方たちは決して多いとは言えない。

3月9日(金)　今日から12日(月)までショートステイ。ほとんど食事は摂取されずに帰って来た。私の方は一日中顔が痒い。どんどんひどくなり顔に湿疹が少しずつでき、とうとう顔全体にできてきた。担当主治医に「すごいですね。顔全体ですね」と。「すぐ薬をやめましょう」。結局、私の(腰部脊柱管狭窄症、第四腰椎変性すべり症）下肢の痛み止めの薬の副作用だった。

3月12日（月）　今日は訪問看護師さんが来て、左足くるぶしをみていただいたら「カサブタが自然と取れるのを待ちましょう」と言っていた。このところ、尿取りはきれいで、トイレで尿をしてくれる。

3月14日（水）　母は昔から、私たちが「えー、それでもうおしまいなの？」と驚くほど食が細い人だった。食べることにあまり執着がないようで、昼食などは白いごはんにしらす干しをかけて1杯で終わり。家族で外食に出かけた際なども、ほとんど食べず父に「あげてしまう」ことが多い人だった。他人の手を借りて食事をとることが、母のプライドを傷つけるという面もあったのでしょう。健康維持のためとはいえ、もともとあまり食欲がないところへきて、周囲で「食べろ、食べろ」と無理やり食事をすすめるというのもかえって逆効果を生むばかりだ。きっと、母は内心では「私がふだんから食が細いことを知っているのに、なぜ、この娘（洋子）

は昔と違ってこんなことをするのだろう」と感じていたのではないか、と私はときどき思うことがありました。

3月17日（土）　今日のデイサービスの施設は、これまでもずうっと通い続けているところ。家から私の作ったエンシュアゼリー、アップルゼリー、カルピスゼリー、さらにプリン（市販）は全量食べたと書かれてあった。本日、母に接したヘルパーさんは、今まで母のことを大変よく観察してくださり、何かと心遣いをしてくださっている。

母の気持ちの変化をよく見ていて、「落ち着いた雰囲気を心掛けて行きたい」とも書かれていました。

3月28日（水）　ショートステイから帰宅後、排便あり。トイレにて排尿3回有り。精神面でも落ち着いている。トイレにての排尿はすばらしい。

4月2日（月）　かわいそうだが、デイサービスを増加（月）（木）と（水）。私の体がきついために。

4月7日（土）　2月28日にくるぶしに水泡が出来た。本日新しい皮膚が出来てきた。

4月13日（金）　今日から16日（月）までショートステイ。今までと同じ施設。昼食は施設の食事と持参したカルピスゼリーを摂取したとのこと。ただ夜の睡眠が少なく、3時から4時半位まで目を開いていたという報告。

4月25日（水）　尿取りパットに付いている小さいシールをうっかりはずしてしまうと肌荒れの原因になる。母の肌荒れを見つけて、困った。

4月26日（木）　なぜだろうか、アゴ、手、腕に内出血ができている。転倒したのかなー。

4月27日（金）　今日から30日（月）までショートステイ。右下唇に口内炎有りと書かれていた。

5月17日（木）　母の状態は良好。朝トイレにて排尿。しっかり汗をかいていた。

5月18日（金）　夕食は突然咳込む。痰を取るためヘルパーさんと二人でがんばる。取れた。寝かせる。7度9分まで熱が上がった。（もしかしたら、母はこの頃から肺炎の兆候が現れていたのかもしれない……。）

5月19日（土）　37度4分の熱。デイサービスは休ませる。一日中寝ている。主治医からパナンという薬を処方された。カルピスで飲ませる。また痰がからむ。咳込みがひどい。これでは何も口には入れられない。咳込みにトロミが効果ありと聞く。4時15分過ぎ主治医に抗生剤を出してもらった。

5月21日（月）　ずっと便が出ていないので、可哀想だが摘便をする。母、痛いだろうと思う。量多く出た。ごめんなさいね。

5月24日（木）　14日から、夜はヘルパーさんが食事を食べさせてくれる。まあまあよく食べてくれる。本当にちょっとしたことで皮膚に赤味が出たり、出血のような症状が出たりする。常に母の全身に目配りをしていないと見落としてしまう。

5月30日（水）　デイサービス先で持参したゼリーでちょっとむせることがあったと報告あり。31日も「むせることがある」と報告があった。5月18日の熱以来、むせることがややくせになってしまったのでしょうか。

6月2日（土）　デイサービス先では、やはり、咳込みがあったとのこと。テーピングやオイルマッサージなど母のことでやってもらうことがたくさんある。本当に大変だと思う。家では私一人、またはヘルパーさんと二人だけだから何もかも全部することは不可能。デイサービス先は職員の方、ヘルパーさん、医務の方と大勢いらっしゃるのでお願い出来るのだが。実施されてないこともあるのです。

6月22日(金)　今日から25日(月)までショートステイ。やはり食事の摂取量は少なく、どちらかというとベッドで寝ている時間の方が多いと報告があった。検温の結果22日(金)は37・2度、その後は36・9度と。私、左手薬指のつけ根を手術をした。指を曲げるときにスムーズに動かなくなってきたため。

6月27日(水)　デイサービス先に迎えに行く。とうとう肺炎に。母はリクライニングの車いすに寝た状態で毛布にくるまっていた。看護師さんから、入浴前の検温は平熱、入浴後悪寒あり、38度7分あり、口からは何も入っていないと報告有り。自宅に戻ってから、足先を温め頭を冷やす(頭寒足熱)。主治医に往診をお願いする。血液検査をする。

6月28日（木）　朝6時の時点でも38・5度。主治医が往診、血液検査の結果、白血球の数が通常の倍もあり肝機能が低下しているとのこと。主治医が入院をすすめる。午前9時20分、体温37・8度～37・4度とぐっと下がってきた。私は入院させたくなかったが、主治医は入院をすすめる。いやな予感がする。特別室で寒い。胸のレントゲン検査の結果、誤飲のため嚥下肺炎と言われる。病室には酸素吸入器、心電図、抗生剤点滴1日2回24時間。体温日中37度。夕方37・8度。

病院の医師は「一度熱は下がっても、今までより高い熱が出ますよ」とさらに「長引きますよ」と。入院中は、高熱も出ず、微熱で終わり。

私は午前中に一度病室を訪れ、使用済みのオムツを自宅に持ち帰る。オムツは自宅に未使用の新しい物がたくさんあるので、また股の所に切れ目を入れた物を使ってもらうようにした。そのため、自宅から持参したオムツは病院では処分してくれない。また、私がそばで管理していないとどんな処置をするかわからない。お尻拭きは赤ちゃん用を使ってもらった。見ているとゴシゴシこする。これでは母のお尻はすぐに傷でむけてしまう。病室で母の観察（ヘルパーや看護師）をする。

午後もずっと病室ですごし夕方に自宅に帰る（午後7時頃）。母は点滴をしている。

7月8日（日）　今日、退院の日。退院の許可は7月5日に下りた。いつも午前中は入院中のオムツを回収するために取りに行っていたが、今日は退院の際に持ち帰ればいい。帰ってきてすぐ家で安心して休めるように家の中の整理をし、ゼリー状の食べ物などの食事の準備をした。また、申し訳ないが長男に来てもらうことにした。日曜日だから大丈夫。退院後のヘルパーの毎日の組立てなど忙しいこともあって、午前中は病院に行けずいろいろな準備に追われ、夕方近く病院へ迎えに行く。

ようやく我が家に戻りベッドに寝かせる前にトイレに。

「えー、どうしよう。オムツ、びっしょり。あーあ、お尻に大きな水疱が出来て皮がむけている。これは朝しかオムツ交換をしてない、ということだ……」。やはり不安が的中した。

トイレできれいにした後、ベッドに戻りプロテクターフィルムを貼る。

訪問入浴は毎週木曜日に決定した。バスタブ、タオル、石鹸等、すべて当家に持ちこみ。当家では浴室からお湯だけを供給し、排水もすべて行ってくれる。すごく良いシステム。更に在宅医療の医師にかえる事にした。途中からの変更はすごく難しいと判った。

母の薬は次のようなものを必要に応じていろいろと使うことになった。オクナリン（気管支拡張剤）、マグラックス（軟便にする薬）、セフゾン（抗生剤）、ラックビー（整腸剤）、エポセリン座薬（抗生剤）、アルピニー座薬（熱・痛みに使用）、テレミンソフト（座薬・便秘薬）など。

自宅に戻って来てからは口からの摂取はなかなか難しい。しかし体力をつけないといけないから、私は何とか口から摂取してほしいと努める。

◎赤ちゃんの離乳食を更にミキサーにかけてなめらかに
○鮭と野菜のぞうすい　○鳥ごぼうのおじや
○三種の豆入りおかゆ　○お豆さん　○カボチャのシチュー

○まぐろとワカメのたき込みご飯　○カボチャとサツマイモのペースト状
○肉ジャガ　○うどんと野菜の煮込み　○大根とカレイの煮物
○クリームシチュー　○白桃　○野菜とカレイのおかゆ
○大豆と昆布のおかゆ　○まぐろ・大豆・シラス・ワカメのおかゆ
○鳥そぼろと大根のおかゆ　○野菜とレバーのうま煮
（すべてドロッとならない様に）

◎ゼラチンでゼリーにする
○牛乳・ハチミツ入り　○アップルジュース　○コンソメスープ
○みそ汁　○みかんカルピス　○ブドウカルピス
○カルピス　○エシシュア　○ポカリスエット

◎他
○プリン　○コーヒーゼリー　○フルーツヨーグルト

○タマゴ豆腐　○枝豆豆腐　○ゴマ豆腐

◎バナナはいつもつぶしたりミキサーにかけたりして、又、アップルゼリーと混ぜて食べさせていた。

これらの食べ物はシリンジという注射器のようなものです。アイデアの所に紹介しています。

7月10日（火）体温37・2度～37・4度。口から1日4回シリンジで行うがなかなか入らない。なぜか下痢。寝る前にスポンジにポカリスェットを浸して吸わせる。1日420cc位。

7月14日（土）体温平熱になる。口からは500cc位。今日から点滴500cc位実施。軟便。15日、主治医と相談し、口からの摂取が少ないから点滴を時に応じて実施することにする。16日、便が出ないため浣腸3本行うが駄目。

7月26日（木）　今日から訪問入浴を実施。お尻の床ずれ（水泡）きれいに治った。退院後18日にして完治、すごい素晴らしい。母の生命力、治癒力に驚く。

7月28日（土）　体温が上昇。38度台になってしまった。なぜ？（その後も37度〜38度の熱は一週間以上続いた）たぶん冷房で熱が出たと思う。

8月13日（月）　昨日から体温は平熱に下がった。口から510cc。点滴500cc。排便あり。母は落ち着きを取り戻し、感情が出てきている。「痛い」「いやだぁー」など言葉が出るようになった。顔色も違ってきた。13日、入院先の病院に連れていくと、主治医は「いいですね。もう大丈夫でしょう。」

8月15日（水）　口からの摂取量940cc、すごい。

8月29日（水）　体温37・8度、口から145cc、点滴500cc。夜中に吸引。

8月30日（木）　訪問入浴、口からの摂取量955cc。

9月6日（木）　体温36・9度、口から950cc、便少し。訪問入浴。口からの摂取がだんだん多くなってきた。8日、体温36・8度、口から505cc、点滴500cc、便少し。母は日中、目を開いている時間が多かった。9日、体温が平熱に落ち着き、口からの摂取（1075cc）も多くなってきた。すごい。便少し。しばらくの間は点滴なし。

9月27日（木）　このところ便の状態が少なめだったり、やわらか便が出たり、という日が続いたが、今日は快便。10㎝位のすごくよい便が3本も出た。ほんとうに元気になったと驚く。29日は汗をかいているので夕食後に清拭。口から1288cc。30日も汗をよくかいているので清拭をする。母は丈夫ですね。

10月1日（月）　「嫌だー」と母。「嫌なの？」と聞くと、「ウン」と返事をする。自分の意思をはっきりと口にする母の変わらない若々しさ、強さに、（立派だなあ……）と思った。口からの摂取量996cc。家政婦も頼んだ。継続的にする。

10月12日（金）　このところ熱も上がらず、口からもよく摂取している、と安心していたら、体温が37・6度に上昇。＜頭寒足熱＞で寝かせる。13日も同様、口からもよく摂取。便は9月27日以来、1日おきに出ている。〝快腸、快腸！〟

10月15日（月）　今日、明日と2日間のショートステイ。私の体を少し休めるためもある。ショートステイ先では口から一切摂取できないため、点滴を2日間で1000cc実施してもらうことにする。体重測定では、母は37・94kgと記録された。

10月20日（土）　口からの摂取量1050cc。便出た。夜の薬、1日おきにする。排泄は1日4回トイレにて行っている。ときどき尿取りパットにしてしまうが、トイレにて洗浄を必ず行う。

24日、25日はショートステイ。体重測定では38・34kg。背中の発汗、すごい。よいことです。26日、右足親指にプロテクターフィルムを貼る。なぜ、こうなったのか？

多分同じ姿勢で寝ていたため、圧迫されたのだろう。28日、大変よい便が大量に出た。夕食時に何度か吸引。ずうっとよく口の中に入っていたが、口から出しは始めてきた。加湿する。ベランダ側のガラス戸はまるで雨のように水滴がすごい。

11月1日（木）　訪問入浴。母と私、インフルエンザの予防接種（往診）。3日、なぜか吸引が多い。何回やったのか？　4日、口からよく摂取できるが、せきとゴロゴロが多いため、吸引も多くなる。

11月10日（土）　トイレにて薬を吐いてしまう。日中は口から食1335cc入った。このところずうっと口からよく入り、快便の日が続く。16日、17日はショートステイ。点滴1000cc。　体重37・7kg。帰宅後に家で口から1020cc入る。

母は強い!!

11月30日(金)　このところ、口からの摂取も便の出方も良好。今日はゴロゴロが多いため、よく口に入るが反対に口から出してしまうこともあるので途中でやめる。

12月1日(土)　快便すごい。3日、点滴2日間で1200cc。体重38・35kg。

12月17日(月)　点滴は相変わらず500cc。木曜日は訪問入浴。便、このところ片手位か、それより少ない位。汗の量も多く、同じような日が続く。母は〃まあまあ〃の健康状態か。今日は私のほうが、胸が苦しくなり、夕方病院に行った。私は血圧上昇。心臓発作のようなのが出る。ニトロベンと血圧降下剤も医師から処方された。

12月31日(月)　母の状態は同じような状態が続いている。昨日は昼間、背中のタッピングで胸の音がなくなった。今日はのどのゴロゴロの音が聞こえる。
退院から１７６日。

平成20年――母の亡くなった日

1月1日（火）　母、便秘のため肛門が張っている。マッサージするがなかなか便がでない。相変わらず口からの摂取の量は多い。

1月5日（土）　母は何日もずっと便秘していたが、今日はパットにたくさんしていた。トイレで洗っている時にどんどん出てくる。固い便がストンと出て、その後柔らかい便が出た。のどがゴロゴロし続けるので、背中にとんとんとタッピングしてやるが治まらない。

1月6日（日）　午前4時、母のいびきで目が覚める。すごい音。鼻から吸引をするといびきはなくなった。でも右の鼻からはとれたが左は駄目。原因は何だろう？

ちゃんと湿度も85％に設定し快適にしているのに。この頃、母は口を開けて寝ていることが多い。以前は口をきちんと閉じて寝ていたのに。
夕食時、せきとたんが多くなった。前夜の母のせきもひどかった。何度も吸引し、タッピングでおだやかになる。口からは合計1680ccも入っている。

1月7日(月)　母は朝起きて、少しだけ食べてすぐに眠ってしまった。のどが少しだけゴロゴロし、タッピング。便は相変わらず、片手より少ない程度。

1月20日(日)　同じような状態が続いていたが、今日はせきがピタッとおさまって、声もよく出ている。目の輝きも生き生きしている。口からの量も相変わらず多い。すごい！　22日、ヘルパーさんに「このところ、おやせになったんじゃありませんか？」と言われて体重を計ると、5～6kg体重が落ちていた。私の健康状態のほうが母に負けている。

2月3日(日)　相変わらず安定している。便の出は、片手より少なかったり多かったり。口からもよく入っている。吸引、タッピングは続けている。母にタッピングの後で「気持ちよかったですか?」と聞いたら、大きく頭を前に倒して「ウン」。「気持ち良い」という態度が全身から見られる。

2月4日(月)　今日、5日(火)とショートステイ。足に点滴をしたが、点滴漏れてしまったと報告あり。自宅に戻って来ると、便がするするとよく出た。快便、食欲良好で、木曜日は訪問入浴、食前、食後の吸引とタッピングで母は落ち着いた毎日を過ごしている。それにこの頃は、声がよく出ている。「気持ちいいですか」と聞くと、必ず「ウン」とはっきりした声で応えてくれる。

2月18日(月)　疲れがたまっているのか、私は目が見えずらくなり、目の芯が痛むようになった。すごく眠い。だるさと疲労感に襲われる。家政婦さんにずっと来て貰っている。

2月19日(火) 夜、母の胸の音が消えない。タッピングを2回しても消えない。午前1時過ぎ、もう一度タッピングをすると胸の音が消えた。21日、訪問入浴と往診。また胸の音がする。タッピング4回。22日4回、24日5回、26日4回、27日4回、28日4回と1日のタッピングの回が多くなる。のどのゴロゴロ、せきは相変わらず。

3月17日(月) 同じような状態で落ち着いているが、お尻がさけているので困った。痛そうだ。今日、訪問看護師に相談し、指示を受けた(お尻の裂傷はその後の手当てで4、5日で治った)。汗も相変わらずすごい。

3月24日(月) せきがひどい。汗もたくさんかく。水分不足。吸引すると、たんが少しとれた。28日、29日、ショートステイ。体重37・72kg、点滴1200cc。帰って来てからたんがひどくからむ。

4月1日（火）　便2度出た。液状で片手より少ない。せき、ひどい。吸引のあと、液がドロドロ。寝ているとき、声を出さなくなった。3日、訪問入浴。せき、すごい。吸引。寝ていてものどがゴロゴロしている。その後また吸引すると、ようやく落ち着く。7日、せきが出たときに水ゼリーにした。すごくよい。すっきりしている。

4月22日（火）　せきがひどく、飲み込みが悪い日が続いている。便よく出た。量も多い。気持ち良かったでしょう。24日、訪問入浴。26日、27日はショートステイ。せき込みが続く。点滴1200cc、体重36・3kg。29日、口から1035cc入る。しかし、熱が38度台に。夜、抗生剤服用。

5月4日（日）　熱が平熱にならない。38度近い。点滴1000cc、抗生剤服用・注射。一晩中苦しそう。水枕と脇の下を冷やす。5日も38度台になる。大量の汗。6日、7日は37度台後半に下がってきたが、依然としてせき込み、大量の汗が続く。

5月12日（火）　せき込み、続く。口から一切入らずあわだらけの唾液が出ている。14日は鼻と口から何度も吸引。15日、16日はショートステイ。訪問入浴。体重36kg。便秘がちだったが、マッサージで小さい便が出た。17日、点滴500cc。口にたまることなくよく寝ていた。21日、午前3時から1時間おきに吸引。22日、訪問入浴。母は小康を得て元気な顔を見せてくれたが、夜はやはりせき込んでくる。

5月19日（月）　かかとに火傷（カイロ）。アーアー。

5月26日（月）　朝、熱を計るとまた38度台に。液状の便少し。27日、38・2度。28日、38・2度。せき、下痢が続く。抗生剤服用。30日、31日はショートステイ。点滴1200cc、体重33・2kg。ずいぶんやせた。

6月1日（日）　熱が下がった。エンシュア、口から130cc入る。点滴700cc。朝、便がパットに出ていた。尿の色が濃い。4日にはまた38度台の熱に。朝はせきと汗がすごかった。５日は訪問入浴を中止。抗生剤服用、注射。７日も熱が下がらず、かわいそうだが12時にトイレで摘便を実施。浣腸も２本。９日、便が少し出るようになった。

６月20日（金）　この半月あまり、熱は37度台後半。１０００ccの点滴が続く。便は少しだが出ている。21日、吸引20回以上実施。25日、吸引15回位実施。しかし、26日には訪問入浴を実施できた。28日、点滴５００cc、尿１６５ｇ（尿パットにて計量）、吸引15回位。ゴーゴーと鳴るすごい。いびきなのか、主治医もわからないという。

７月１日（火）　今日から２日までショートステイ。３日、訪問入浴。午前２時半に吸引13回、血中酸素96％。４日、熱38度。尿１０５ｇ。抗生剤座薬使用。５日、尿、便出た。21時半位までは静かだったが、またゴーゴーとすごい。いびきとは違う。６日、午前４時半頃から吸引、午前５時を過ぎた頃から声が大きくなってきた。

玄関まで響く。

7月17日(木)　今日から18日までショートステイ。入浴をしてからショートステイに行く。朝、40ｇの尿、帰って来てからも40ｇの尿。21日、２０５ｇの尿、便はトイレにて出る。夜、すごい声で寝られない。

7月24日(木)　主治医と延命治療のことで話し合った。私の思いは「自然に！」ということ。母の生命のまま自然に終わらせてあげたい。無理をして手を加えたくない。思いのままに生きて来た人なのだから。

7月25日(金)　口から40cc、トイレにて尿1回85ｇ？　便1回、血中酸素91％。26日もほぼ同じ状態。点滴１０００cc。声の出し方が変わってきた。静かに眠っている。

7月31日（木）　口から80cc、体温37度、尿パット25g、血中酸素94%、入浴中止。

8月1日（金）　体温38度、点滴1000cc、尿、便40g。訪問看護師、主治医来家。

8月2日（土）　体温37度、トイレにて尿2回パットには5gの尿。……「お母さん、トイレに行ってオシッコしましょうね」とベッドから車いすに移らせてトイレへ誘導すると、排尿が2回あった。

また車いすでリビングに戻り、「タッピングをしますね」と言うと、母はいつものように頭で「ウン」と答えた。背中を両方で3分。タッピングが終わり、「気持ちよかったですか？」と聞くと、今度は頭を大きく前に倒してうなづいてくれた。

今日はなんだかいつもより気分がよいように感じられる。

母を静かにベッドに横たわらせ、いつものように寝間着を整えているうちに、母はすうっと消えるように息をひきとった。あっという間の自然な出来事だった。そこには幸福なおだやかな眠りがあるだけだった。

――お母さん。ちゃんと排泄もすませてきれいな体でお父さんのそばへ行ったんですね。やっぱり、〝きちんとさん〟でした。よかったです、お母さん。

私は「すべてが終わった」という空っぽな満足感に浸されていた。安らかな母の顔は「ありがとう……」と私に微笑んでいるように見えた。

「洋子がこんなに一生懸命私を介護してくれたのだから、私も頑張ろう」と、そんな最後だったような気がします。

第三部

娘のアイデアで介護がかわる

イラスト：友野珠英

衣料品

●縮んでしまったセーターを応用。
① 袖はレッグウォーマーにする。膝の部分が隠れるように。膝もカバー出来る。
② 胴の部分は切って腹巻に。
③ 残り部分も一応保存しておくことが大切。必要になることもある為。

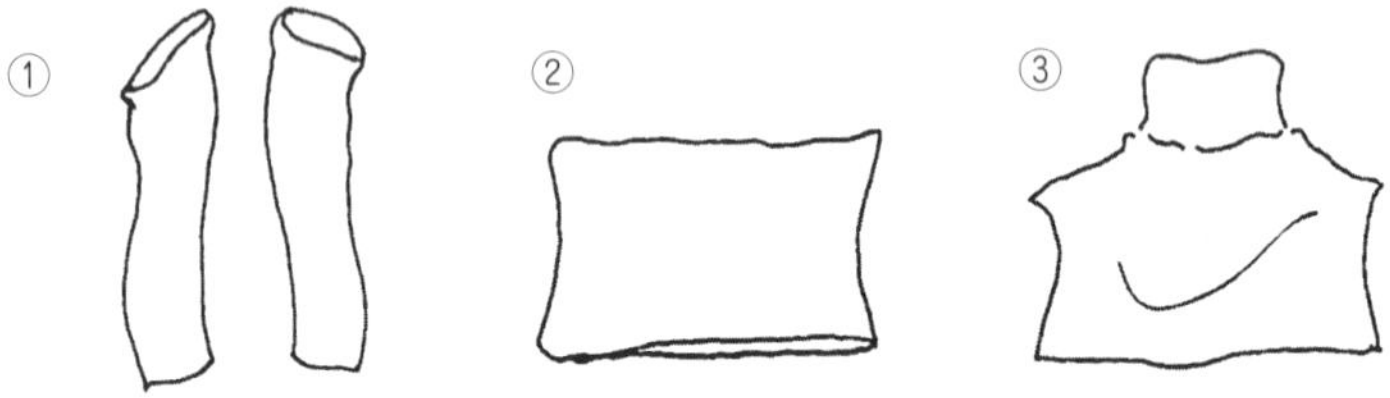

●寝間着
① 着物（和服）のようにヒモで結び、いわゆる和服スタイルなので大変便利で使い易い。
② ネマキのズボン　脇にはマジックテープがついていたが、大きめのホックに取りかえた。

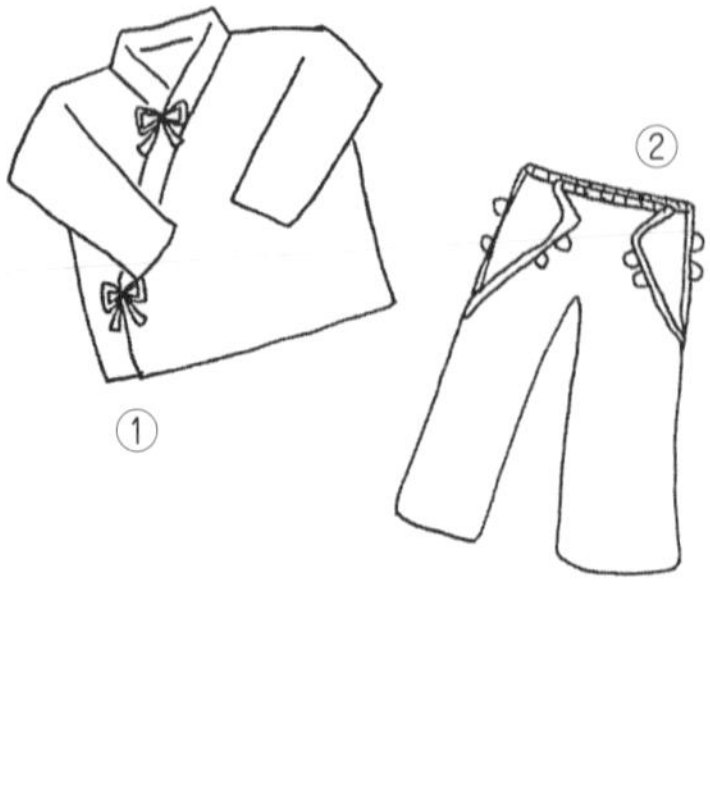

●ズボン
ズボンの裏のウエストの部分に取りつけて、カイロを入れるようにした。落ちる心配が無く大変便利です。

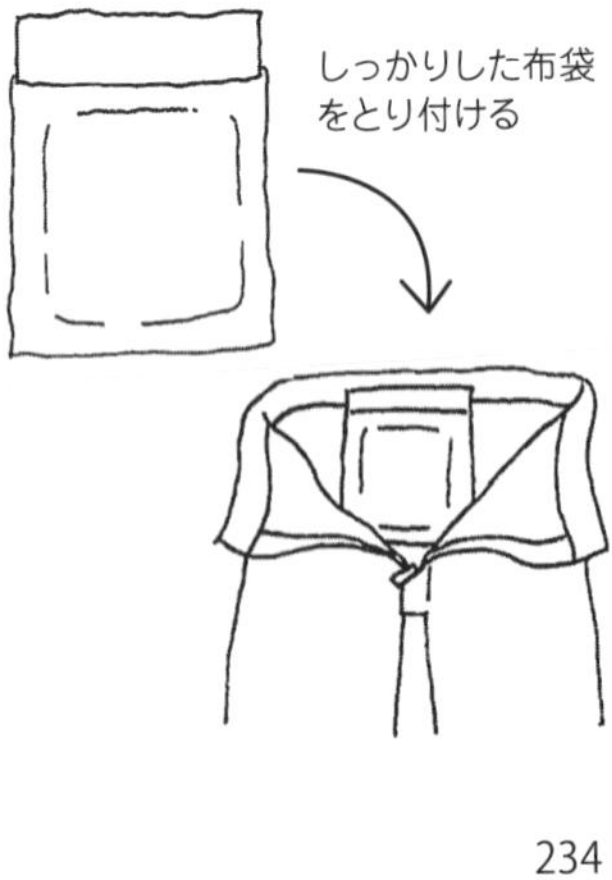

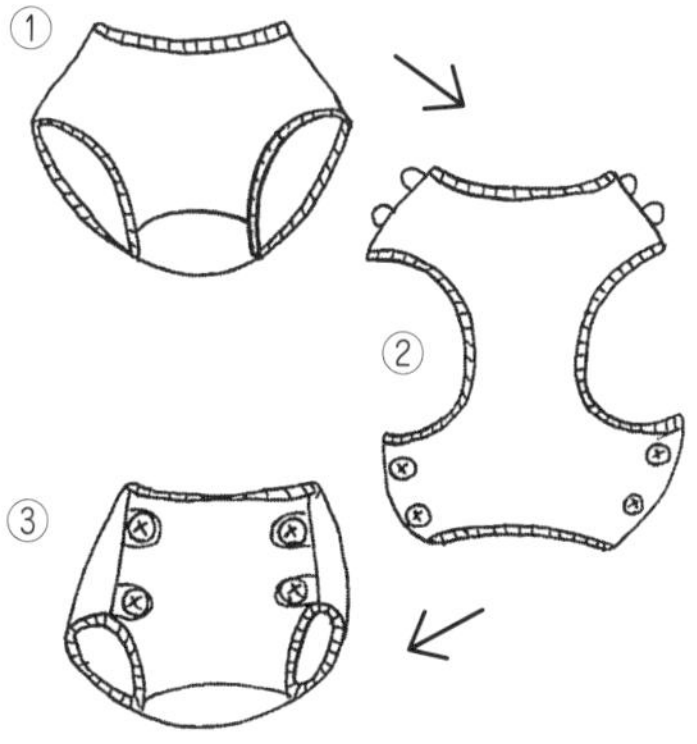

●パンツ

① 表地・裏地共に綿80%、ポリエステル20%、中地：防水布・ポリエステル100%、吸水布：アクリル100%。介護用品の中から選び。

② 上のパンツをおむつのようにカットして、ボタンをつけて使用。

③ 肺炎になった後、点滴はお腹に皮下点滴を行う事になり、大変便利でした。

●靴下1

五本指の靴下が良いですね。勿論足首もゆるいものにする事。足首がきついと、むくみの原因になります。

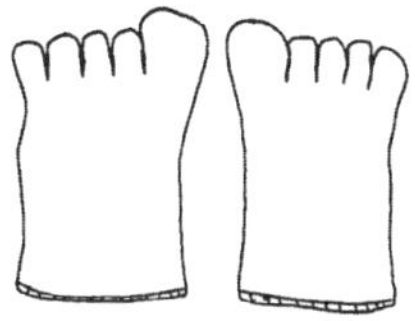

●紙おむつ

脚のつけ根、股の部分が真っ赤にただれたので切れ目を入れてゆるくした。

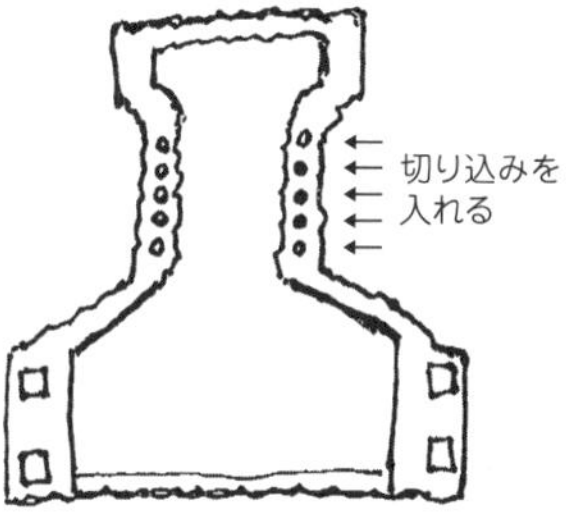

●靴下2

高齢になると、膝の痛みなどが出て来る。膝を暖める意味もあり、冬用の温かい靴下でつま先部分をカット。靴下の底の部分に滑り止めのブツブツがあるのでズボン下の上に裏返しに付けるようにすると、暖かく、ズレ落ちにくい。

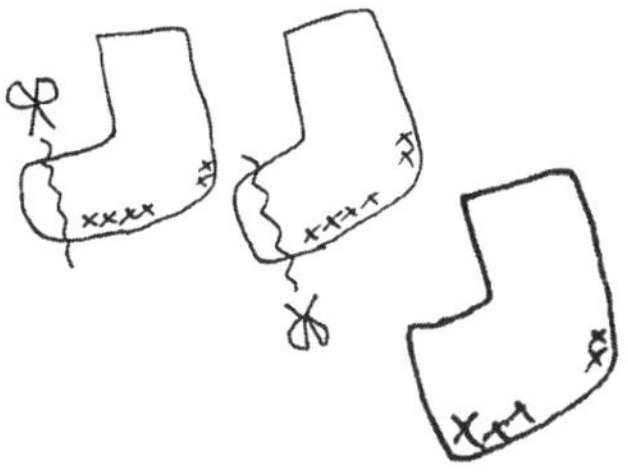

●手袋
時々、青アザ（内出血）の後があったりするので（年齢とともに血管が弱くなってきている為）時々、綿100%の手袋をはめてデイサービスに行って貰う。手袋をつけているとやさしく手を握ってくれる。

●プロテクター付きパンツ
転んで大腿骨骨折を防ぐ為に是非使うと良いでしょう。私の場合は不使用でしたが、パンツ付きではなく考える必要あり。

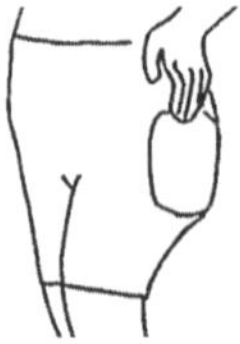

住宅

① ドア（部屋の）を取り外した。車椅子を使い易くする為に。
② 住宅改修で和室から。リビングの段差改修で行ったが、これは失敗。滑ってしまう。床材が問題。
③ 段差注意として白いテープを貼り、目立つようにする。

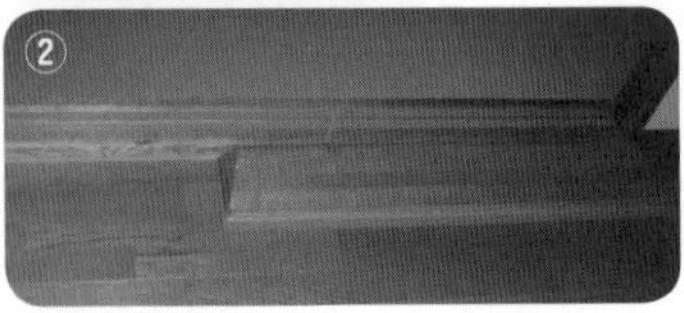

●蝿帳
室内で掃除機を使う時、顔の部分に蝿帳をかけ、その上から大判のバスタオルで被う。その時は大きい音で音楽を聞かせた。

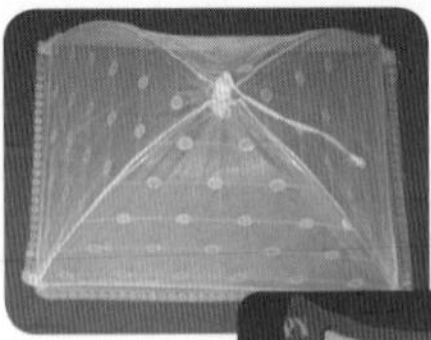

●バスタオル
上の蝿帳に大きいバスタオルをかけて掃除機の風などを予防する。

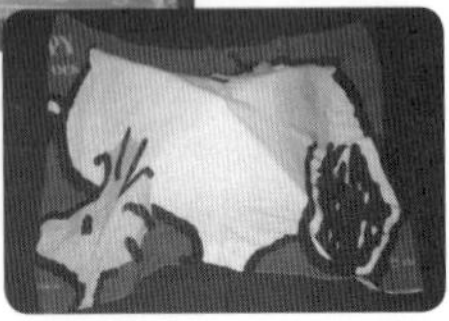

●トイレ

・便フタにプチプチを厚く取り付ける事にして、背中・頭を保護するようにした。

・住宅改修で手すりを付けた為に、板がカベに取り付けられた。そこに板を渡し、棚を作り、棚はプチプチを何枚も貼ってから、包装紙できれいに包んだ。頭をゴツンとぶつけるので。

・棚の上には、おしりふき（赤ちゃん用）、尿取りパッド、手袋（粉なしのビニールの極薄で左右兼用でサイズがあります）、ソフライナー、ワセリン、浣腸等、必要な品を置く。

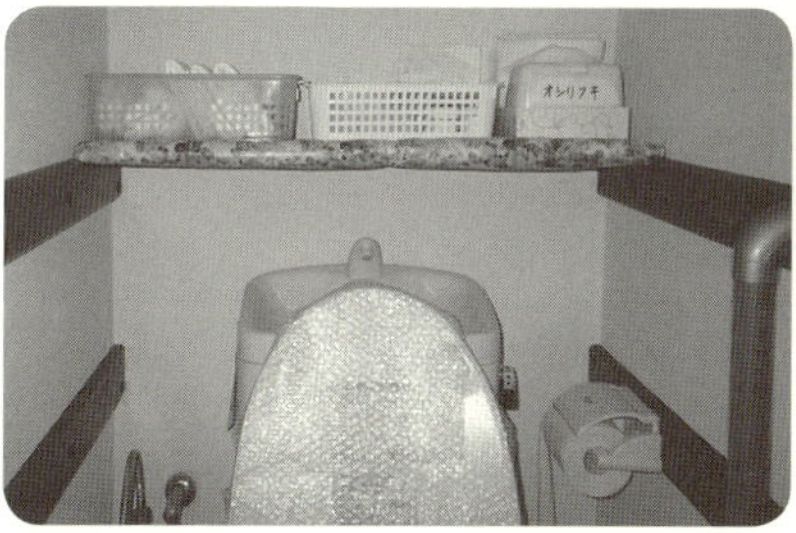

ハンドソープ、水入れ容器（お湯を入れる）。排尿の都度、洗浄する。

①

②

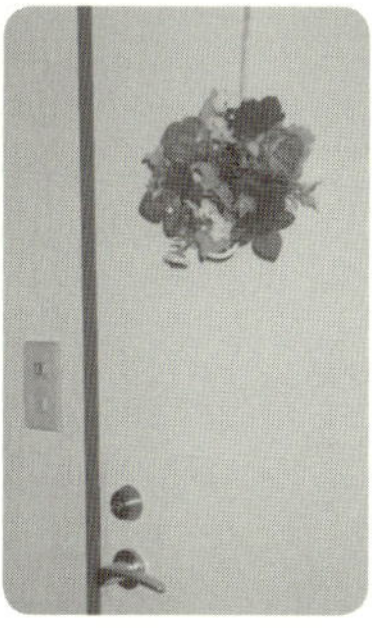

③

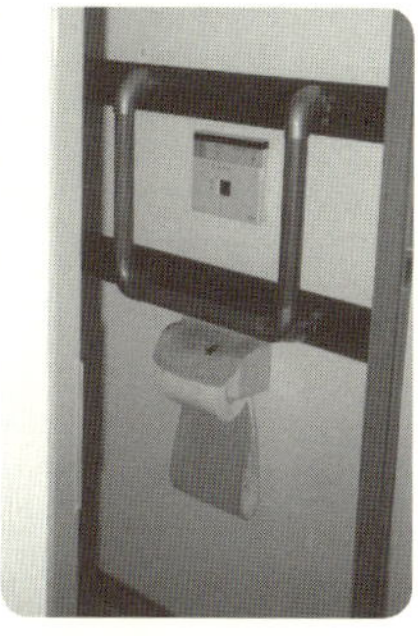

① 段差が目立つように赤いビニールテープを貼った。

② 「ここがトイレですよ」と目立つように花飾りを取り付けた。

③ トイレの手すりは、この型が大変使い易かった。

●浴室

右　浴室は、どうしてもカビがつき易い。一回使用後に必ずお湯で石鹸などを洗い流す。次に水を流し冷やしておく。次に換気。時々、漂白剤（台所用）を使うのも良い。

下　バスタブマット。バスタブの中に敷くのは大変良い。

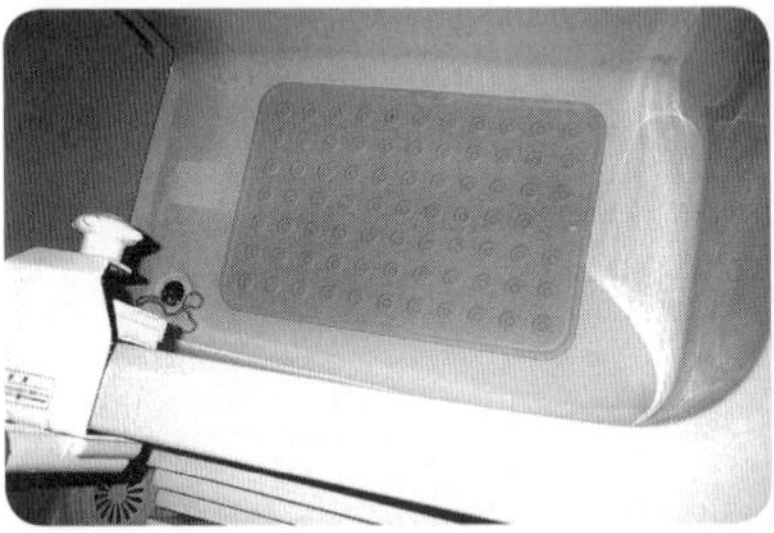

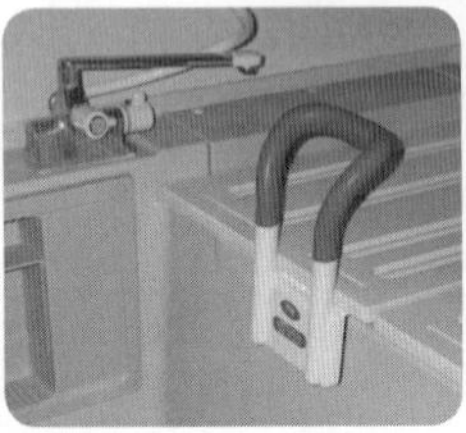

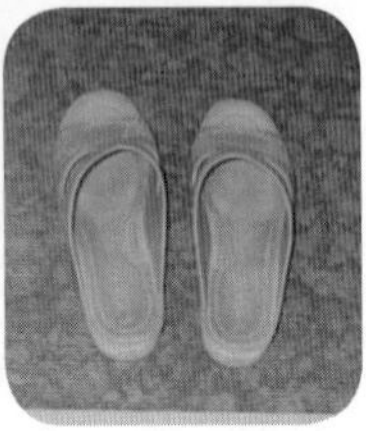

左　浴室の鏡は毎回必ず乾いた布できれいに拭いておかないと、水垢が取れなくなり、きれいにすることが大変になる。毎日使用後は拭く事。

中　浴槽手すりは大変便利です。

右　浴室にスノコなどを置いてみたのですが裏側の汚れがひどく、またヌメリなども出て、きれいを保つのは大変であり、掃除も大変なので濡れてもいいサンダルにした。いわゆるビーチサンダルです。

●手すり

左　反対側にトビラがあり、しっかり締めないとドアがドカンとぶつかり大きな音がするので。

右　音がしないように布でカバーを作り、予防した。

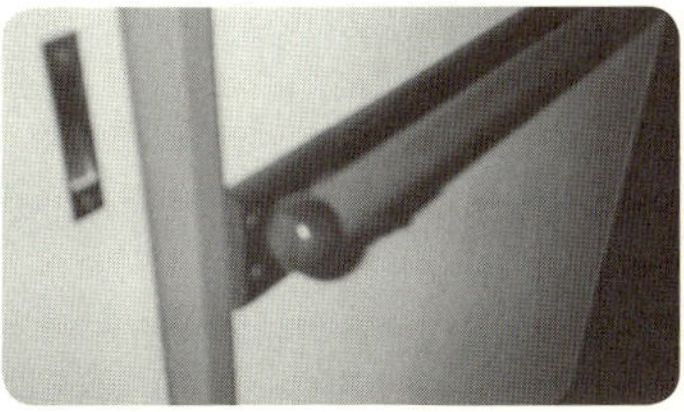

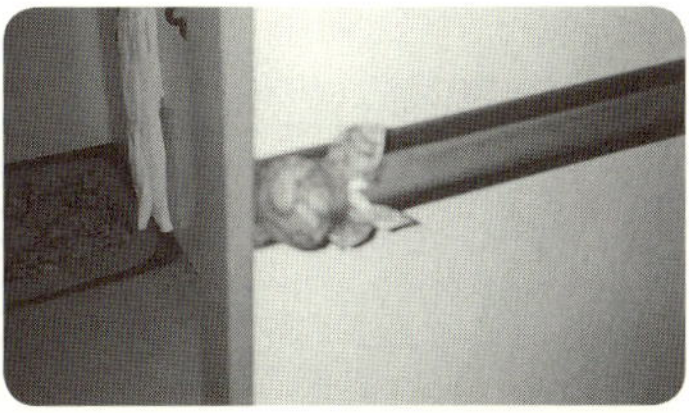

●施錠

ガラス戸の上方に付けると良い。外に出たがる家族の徘徊予防に役立ちます。また、防犯にも良いでしょう。また、玄関は内側から外鍵のような付け方をすると良い。鍵は家人が持っている。

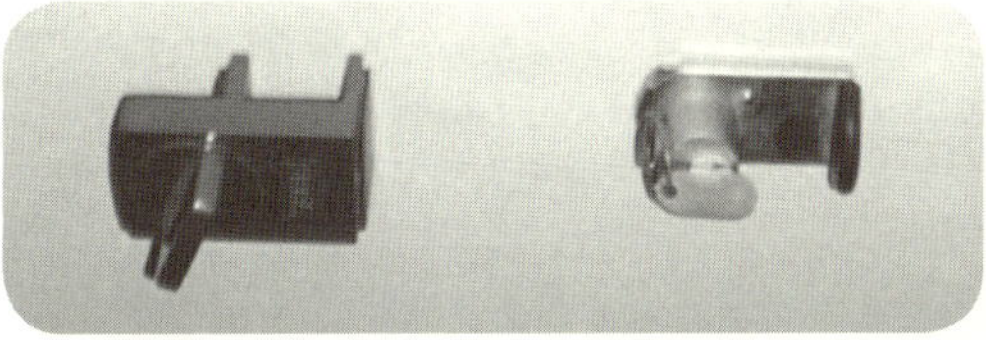

食事

●食器

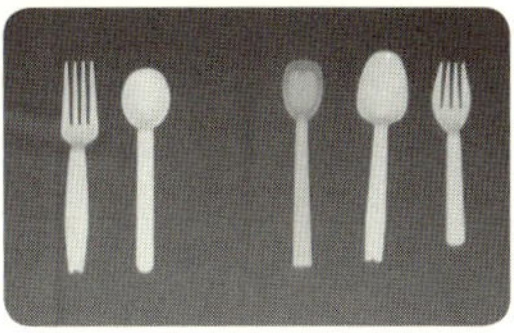

左　木のスプーンが危なくない!!　しかしすぐに洗わないと菌が繁殖するから要注意。

右　左の2本は買った品。右から3番目は介護用品として買ったが、つなぎ目に汚れが入り、取れない。右2本はサービスとして貰ったものだが、簡単に折れるので危険!!

●トロミ食

いわゆるトロミ食といわれるトロミは、ドロッとしていて喉にスムーズに流れ込んでいかない。ゼラチンはサラッとしていて大変良いので、すべてゼリー状にした。

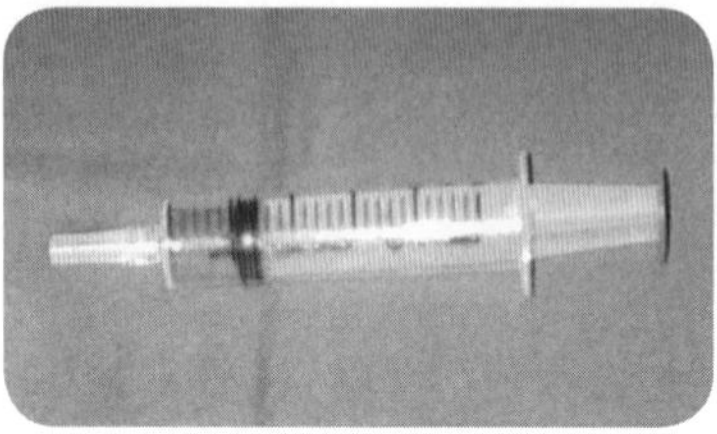

ゼリー状にした食品をこのシリンジで口の中に入れ、食べさせた。
（注：注射器の大きいもの）

クルマ

私は42歳の時からトヨタのクラウンを使用していたので、介護し易いように、助手席が回転、更に車いすを電動でトランクルームに収納出来るように、平成15年10月8日に注文をした。税金免除もいろいろありますから自動車会社に聞いてみると良いです。①②は座席が回転し、乗降がし易い。③④⑤エンジンは切らずに、車いすをたたんで電動クレーンで車いすをつり上げて、横にしてトランクルームに収納します。

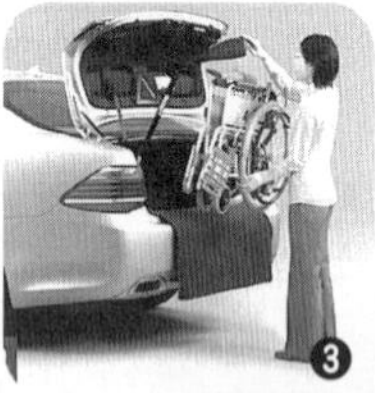

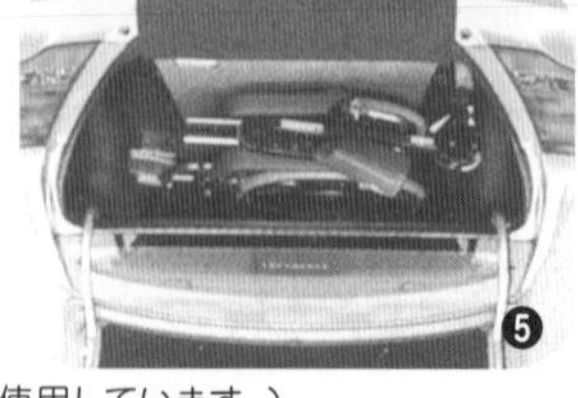

（上記の収納写真はカタログの写真を使用しています。）

小物

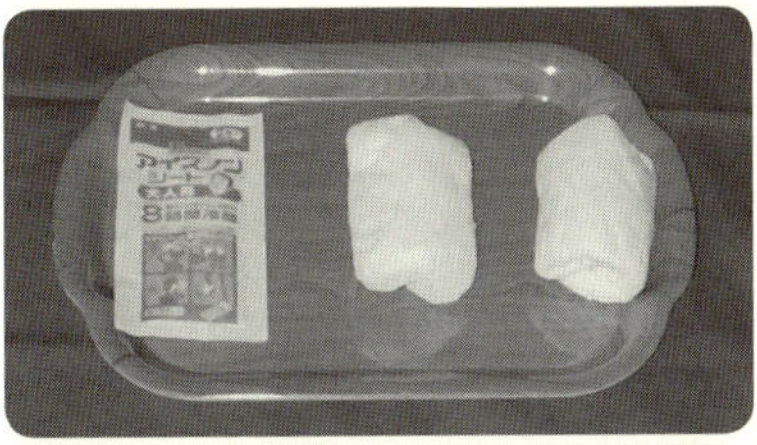

●アイスノンは常に冷凍庫に入れておく。
●尿取りパッドを丸めて冷凍庫で凍らせておく。急に熱が出た時など脇の下や脚のつけ根で解熱に使用。

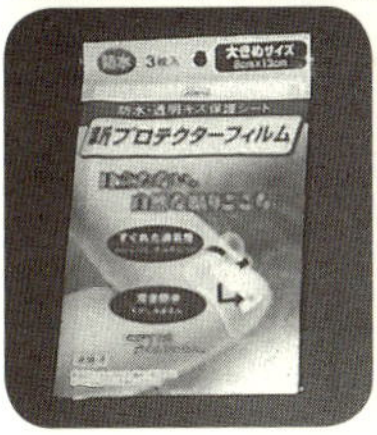

●（左）防水・透明傷保護シート
私はこのプロテクターフィルムで床ずれを治した。
●（右）医療用ガーゼ（滅菌済）
常に用意しておくと良い。今は種類も多く出ています。

●火傷をした時には是非このやり方で。
（但し皮がむけてしまった場合はやめてください。）

① 良く水で洗い流して
② 食油と塩を用意。塩を多く、油を少なく、患部につけて塩が分離してきたら、また新しくつけかえる。この繰返しで良し。

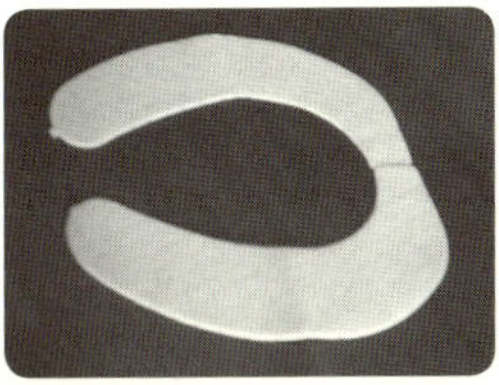

●簡単、取り外しできる、便座カバー（携帯用）

貼るカイロ
レギュラーサイズ

●貼るカイロ
粘着面を衣類の裏側につける。衣類の上に貼ると汗で落ちてしまう。

筋肉がある所に貼ると、火傷（低温火傷）を防ぐことが出来る。（筋肉の少ない所は火傷の恐れ有り。）

●外反母趾
年を重ねて来ると、また、先の細いハイヒールなどで発症。外反母趾になってくる。親指と人指し指の間にはさむと痛みを和らげる事が出来る。ただし五本指の靴下を履いてからはさむ事をおすすめします。

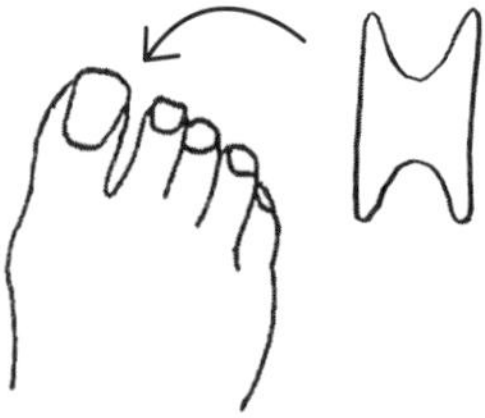

●爪
A・B：決して丸く切らない事。深爪にしない事。
C・D：巻き爪用テープを細く切って爪ギリギリに指裏に引っ張って、しっかりと止める。どうしても年齢と共に巻き爪のような症状になり易くなってくるから決して深爪にしない事

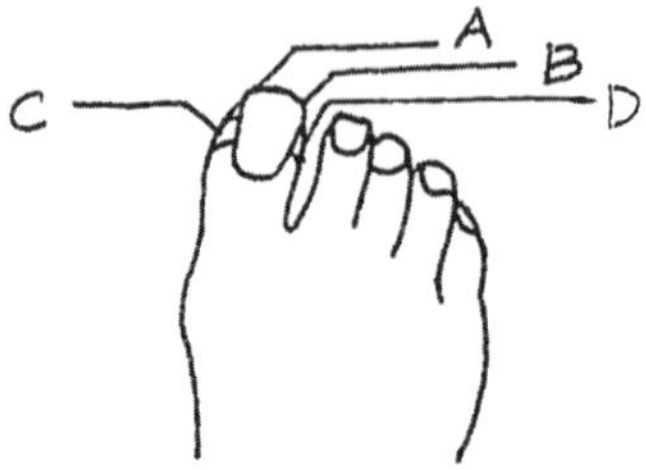

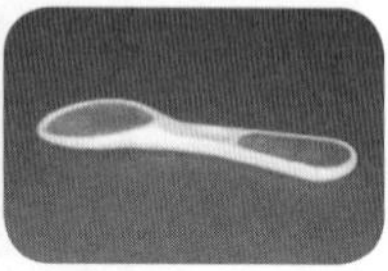

左　巻き爪用のテープを医師の指導で求め使用。(皮フ科医)
右　爪は切らずに、やさしくヤスリで削るようにする。

●ぬいぐるみ・人形

左のほっぺをなでると顔を動かす。ゴロリとあお向けになったりする。また、胸をなでると気持ちよさそうに眠ってしまう。電池使用。

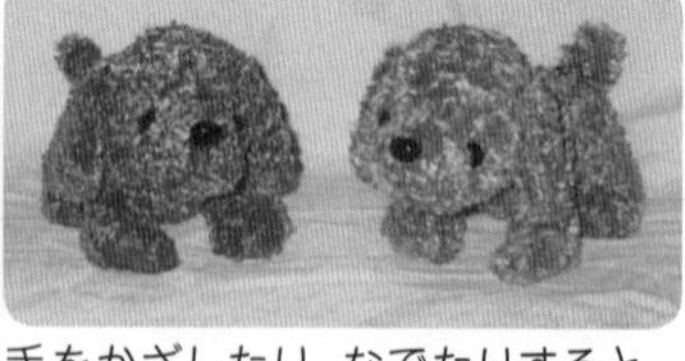

手をかざしたり、なでたりすると、鳴き声を出す。玄関に置いて外出をすると、帰ってきた音で「おかえり」の挨拶で鳴きます。電池使用。

手ざわりが良い。さわっていると本物の犬と同じ。

すべて布製ですから母は抱いたまま、時々眠っていました。

左　押す場所でいろいろな言葉を発する。電池使用。

右　母とハワイで買ってきた人形で、とにかくきれい。時々抱いていました。「きれいね～」と。

●香り

上　布製で出来ており、中にはラベンダーの実が入っており、香りが薄くなったら、エッセンシャルオイル、ラベンダーの香りをちょっと数滴つけて枕元や枕の下に置いて使っていた。ラベンダーはリラック効果。

下　ラベンダーの香りは緊張をほぐしおだやかな状態にしてくれます。これはランプ式で上の丸い部分にオイルを入れ、電気で部屋全体に香りが広がります。

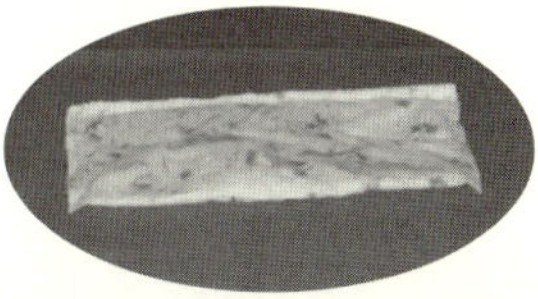

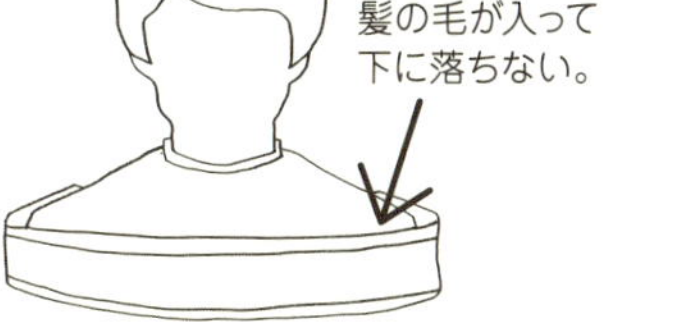
この中にカットした

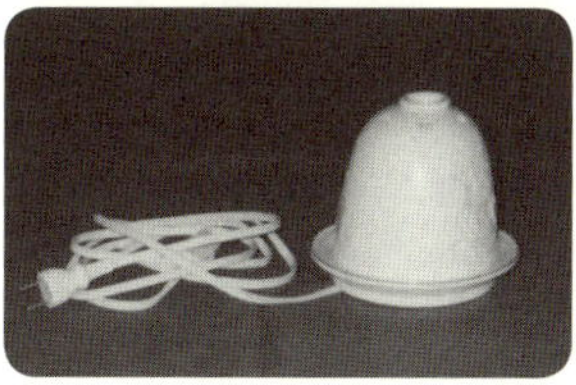

●スキカルハット

自宅で髪を切る時に大変便利でした。

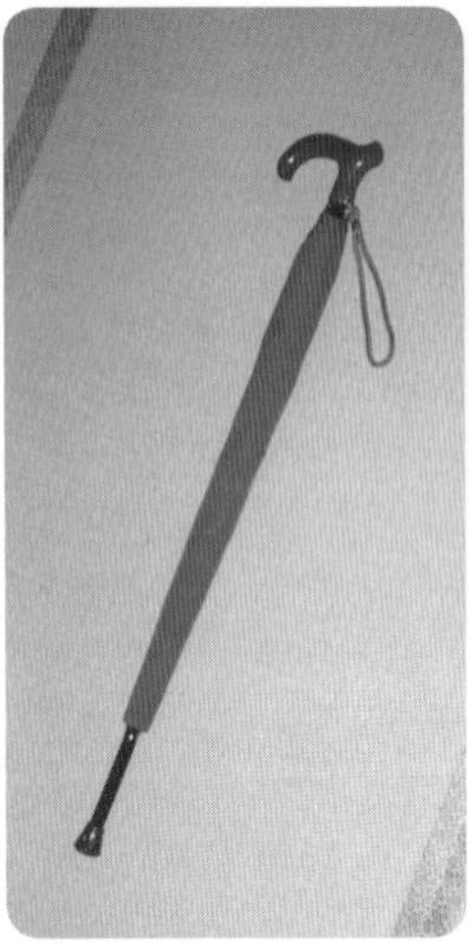

●傘と杖が一緒になっている。便利である。

●加湿
湿度を保つためにしっかりした容器にバスタオルに水を含ませ暖房機の近くに置いておく。加湿器は故障し易い。

●エタノール
カビは高齢者には大敵。一番成り易いのは結膜炎。そのカビを取り除くには、消毒用エタノールが一番。私の場合も、タタミ、柱などすべてエタノールで除去した。この案は長男のお嫁さんに教えてもらった。

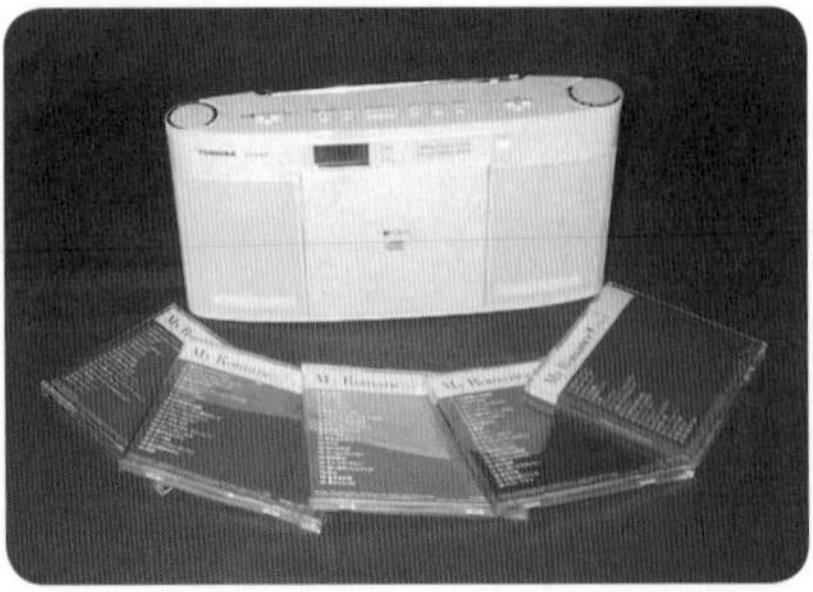

●音楽
睡眠薬の代わりに母の大好きな音楽を。日中も更に夜も聞かせていました。そのうちに眠ってしまいます。

大物

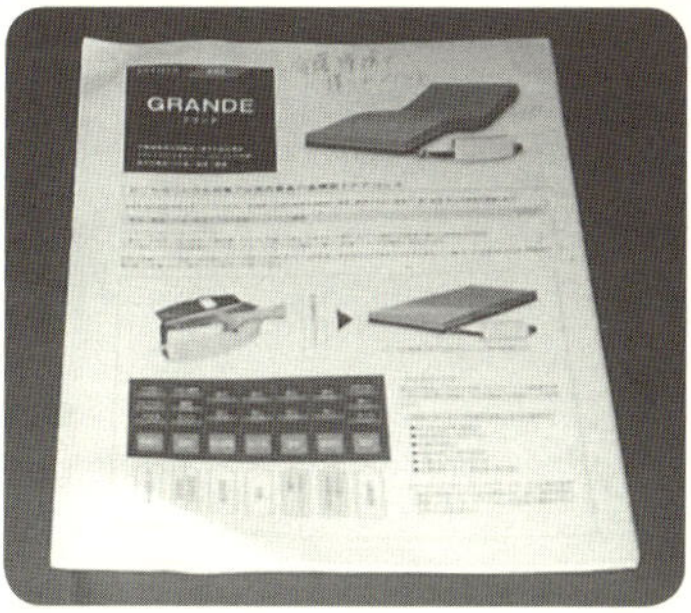

●ベッド
介護保険で最新の品を借りた。（説明書有）

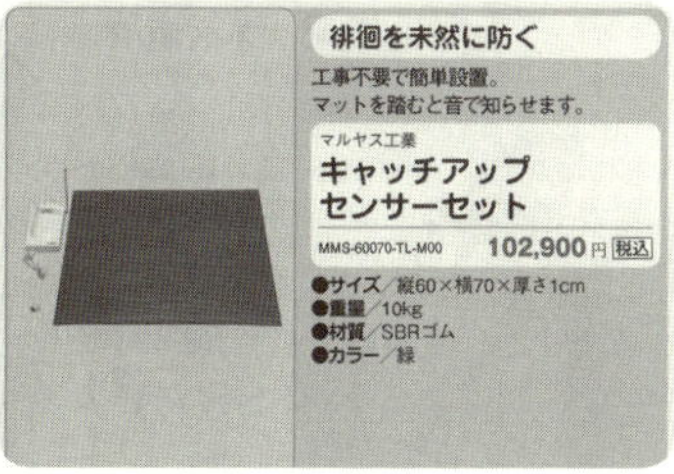

●センサー
歩ける時にはベッドの下に置いてセンサーで（音が出る）知らせてくれる。色々な種類があるのでよく調べると良い。

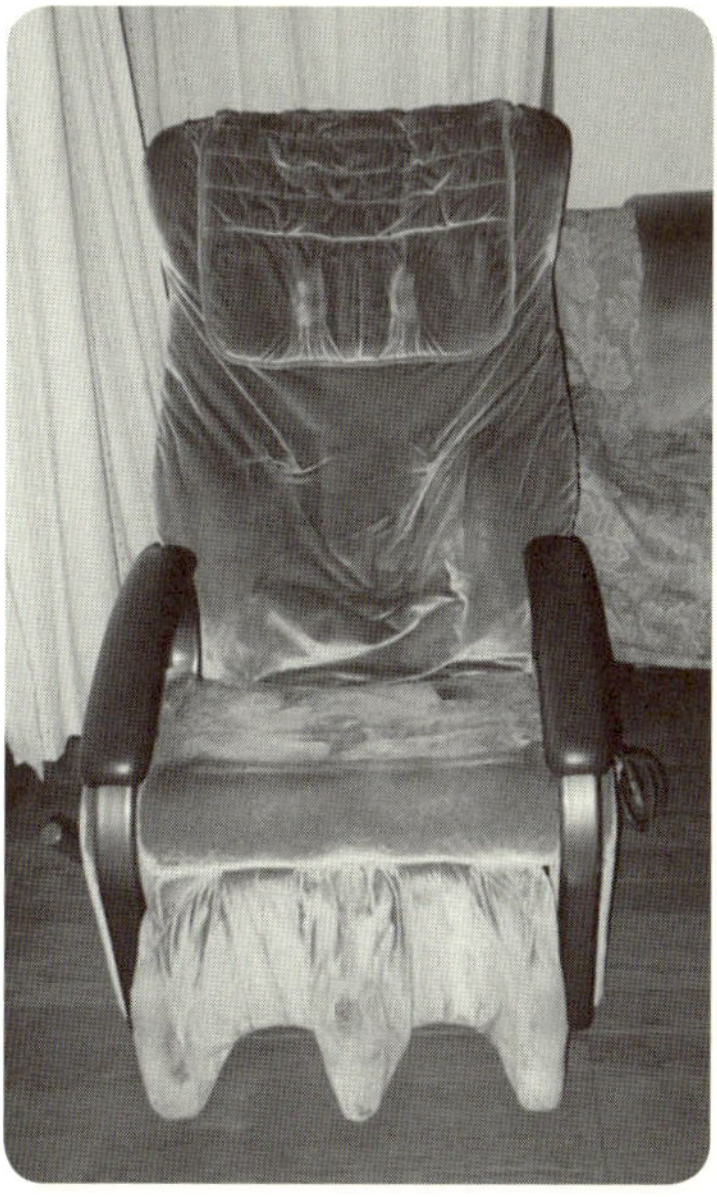

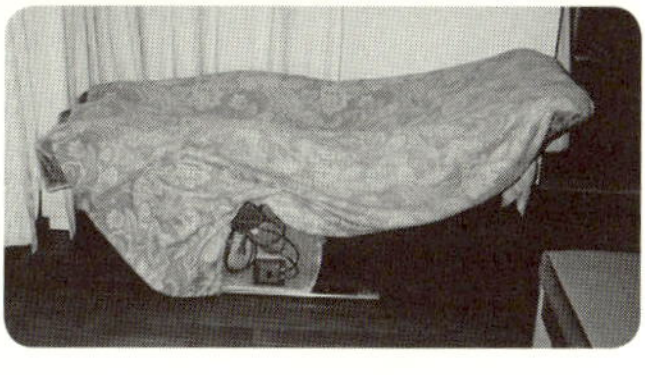

●マッサージチェア
毎日必ずベッドからこの椅子（マッサージチェア）に移動。父が愛したマッサージチェアを使用。
マッサージは使わずにカバーをかけてこのカバーの下には次頁のマットを２枚敷いて柔らかくして使用した。

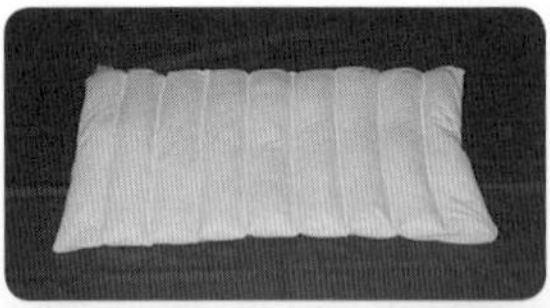

●マット

発泡ポリスチレンが中に入っており、大変柔らかいので、チェアに敷いて使った。2枚使用。（名称：マシュマロフィット）

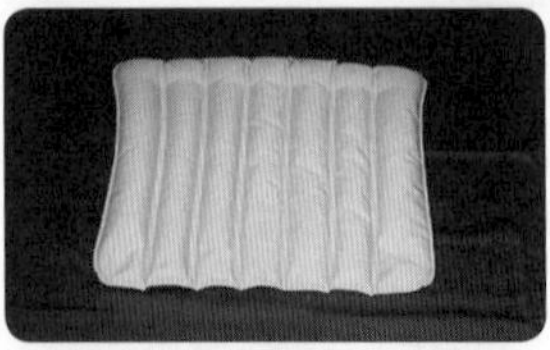

中に発泡ビーズが入っている。体の脇などに置いて体が斜めになるのを防ぐ事に使用。柔らかいから安心。

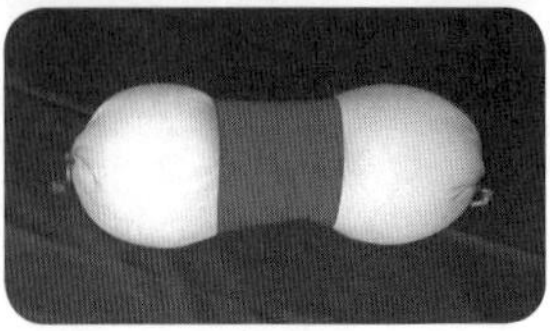

発泡ポリスチレン（ビーズ）が中に入っており、すごく柔らかい。足元に置き、足を乗せたりして使用。

●室内用の椅子

小型で木で出来ており、使い易い。但し肘掛は硬いのでタオルを巻いて保護をした。

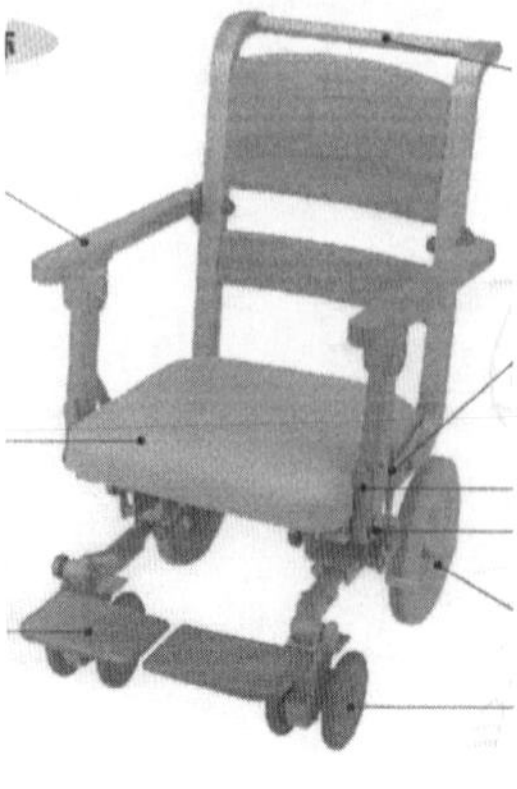

●車いす

車椅子に座らせた時、時々頭が後ろに倒れてしまう。車椅子の後ろにポケットがあるのでダンボールでしっかり固定し、タオル（大）でさらにカバーをして頭が後ろにガクンといかないように作った。

●スロープ
スロープは大変便利です。業者さんと相談して一台あると良いと思います。

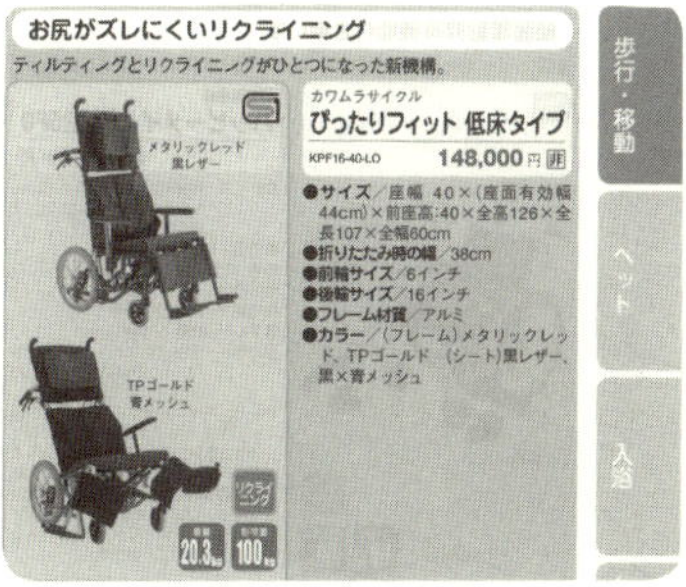

肺炎になってからは
リクライニング用の車椅子を
借りる事にした。

そ の 他

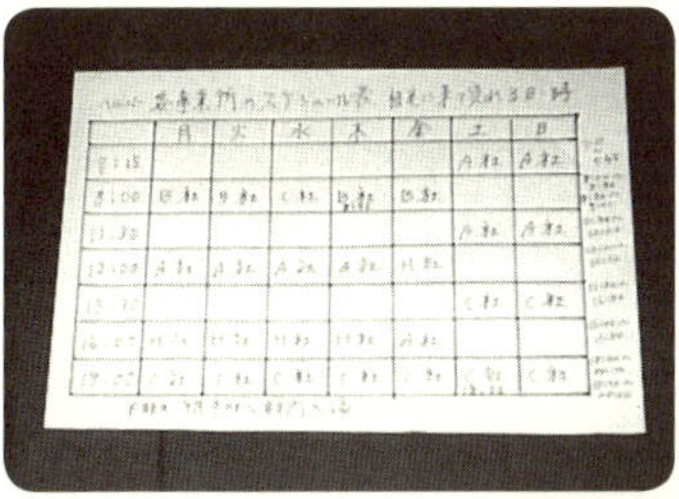

週間スケジュール。
（ヘルパー来宅予定）

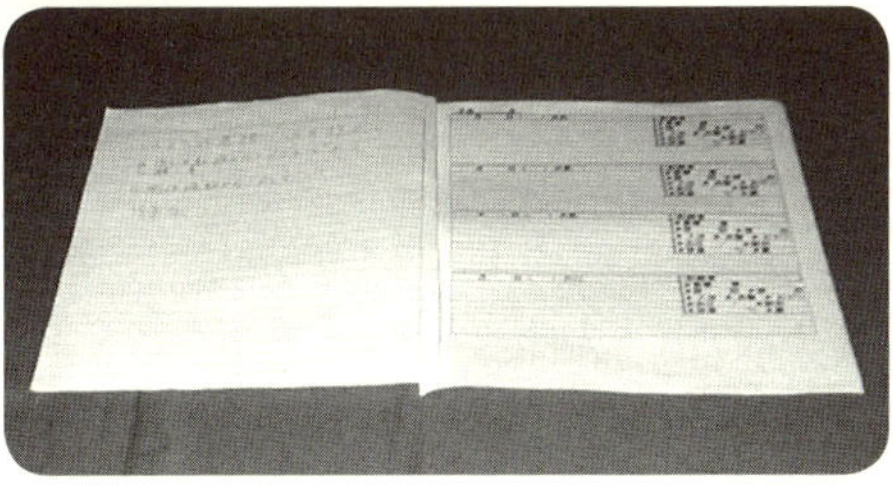

介護日誌を独自に作成し、デイサービス、ショートステイに持参し、自宅での様子、お願い事、施設での様子を記入してもらう。

著者紹介

一九三七年（昭和十二年）二月十一日、千葉県千葉市で生まれる。当時二月十一日は紀元節といわれていました。二月十一日は、一八七二年（明治五年）に神武天皇即位の日と設定され祝日となりました。第二次大戦後に廃止され、一九七六年（昭和五十一年）に建国記念日として現在に至っています。

私は千葉大学付属小学校に入学しましたが、当時は戦争中であり物が何もない環境でした。そんな中で、建国記念日という日に生まれたからでしょうか、私にはある工夫をしたアイデアが生まれていました。

本文に多く書かれておりますが、たくさんのメディアに出演し、多くの方々と接し夢を膨らませてきました。著書多数。

母と娘の二三〇〇日

2013年5月23日　　初版発行

著者
野口 洋子

発行・発売
創英社／三省堂書店
〒101-0051東京都千代田区神田神保町1-1
Tel：03-3291-2295　Fax：03-3292-7687

印刷／製本
三省堂印刷

ISBN978-4-88142-801-6 C0095